ネコノス文庫

終わりなき不在

佐川恭一

JN107013

neconos

終わりなき不在　目次

CASE1・吉川雅樹

机の上には最近読んだ漫画の山と、煙草で一杯になったガラスの灰皿がある。床には書きかけの小説のプロットが散らばっている。彼はそのうちの一つを無造作に手に取り、ノートパソコンに向かって一時間ほど文字を打ち続けた後、インスタントコーヒーを淹れて煙草を吹かした。コーヒーカップはもう何日も洗っておらず、底に汚れがこびりついている。

俺は天才ではないか、と彼は思っていた。彼は大学を卒業し銀行に就職したが、一年足らずで退職した。それは無個性な業務内容に辟易したから、ではなく、無個性な業務すら満足にこなせない自分に嫌気がさしたからであった。退職届を出した時には、誰ひとり彼を引きとめなかった。それどころか喜びを隠さぬ者も少なからずいたほどだった。

在職中に彼が残した成果と言えば、毎日休まず日記を付け続けたことぐらいである。失業して暇な時間ができると、彼はその日記を基に、わずかながらでも自分の活躍したハイライト・シーンを頭の中でつなぎ合わせ悦に入るという悪癖に陥ったのだが、ふと思い立ってそれを小説の形にまとめ上げた時、過去に味わったことのない種類の言い知れぬ達成感を得た。四百字詰めの原稿用紙にして百枚ほどの作品だったが、それをプリントアウトして読み返した時、「いける」と彼は声に出して呟いた。

「俺は全てにおいて才能というものを持ち合わせていないが、文章を書くことに関しては例外であったのだ」

居ても立ってもいられなくなった彼は、仕上げた処女作をすぐ恋人に見せた。無能な彼氏に苛立ち、別れの気配を漂わせていた彼女を引きとめるには、彼自身にこれまでは表出しなかった輝かしい能力の備わっていることを、最高のパフォーマンスで提示せねばならない。そしてこの百枚こそが、彼の全てを凝縮させて創り上げた結晶物であり、紛れもない才能を彼女に予感させるエビデンスである。彼の記念すべき初の読者となった彼女は、最初の数枚を読み、こう言った。

「全然面白くねぇよ」

*

それからほどなくして、彼女とは連絡がつかなくなった。仕事を辞め、アルバイトでぎりぎりの生計を立てる二十四歳には、目に見える魅力的な魅力が何一つない。それは彼自身認めるところである。しかし、彼女へのメールがエラーで返送されて来ると、彼はほくそ笑んだ。彼女は偉大な才能を見落としたのだ。それは数年のうちに証明され、その頃下らない男と付き合い始めているであろう彼女は、再び俺に接触してくるに違いない。その時、俺は余裕たっぷりにこう言ってやるのだ。

「ずっと待っていました。僕と結婚して下さい」

数年以内に結果を出して彼女の目に留まることを目標とした彼は、手始めに処女作をある文学賞に送った。一次選考の結果が出るのには三か月ほどかかる。彼女には理解されなかった作品だが、見る者が見れば、早くも二十一世紀最大の傑作が生まれたことがわかるだろう。タイトルは『銀行員死の彷徨』、新入社員の不安な日々と、社内の人間関係の機微を精緻に描写したウェルメイドな心理小説である。

これが受賞することは明白だ、と彼は思った。そして受賞後第一作が勝負であると考え、ひたすら執筆作業に没頭する日々が続いた。というより、彼女亡き今、アルバイトの時間以外は執筆の他にすることがなかった。二作目はいくつかのアイデアの中から、大学生を主人公にしたものを選んで書き始めた。これは大学生の不安な日々と、サークル内の人間関係の機微を精緻に描写した素晴らしい心理小説になる。大いなる予感の中、彼はその作品を一か月で仕上げた。原稿用紙二百二十枚分、タイトルは『俺は永遠にお前らより若い』。すぐにでもどこかの文学賞に応募したかったが、処女作の受賞まで温めておこうと思い直した。これは「受賞後第一作」なのだ。

次作に取りかかる気力が残されていなかったので、彼はとりあえず仲の良い友人に二作目を評価してもらおうと思った。彼は辞めた銀行の同期である菊池に連絡を取り、かつて行きつけだった、元職場の近くの喫茶店に呼び出した。

「吉川――久しぶりやんけ」

「おう、元気に働いてるか?」

「元気なわけないやろ。このままいくと後二年で死ぬわ」

「お前も辞めたらええやん」

「アホ抜かすな。エリートの座は譲らんで」

「ところでさぁ、実は俺、最近小説書いてんねん」

「は?」

「だから、バイトしながら小説書いてるんよ」

「頭沸いたんか?」

「いや、ちょっと聞いてくれや。それで作品持ってきたんやけど、読んでくれへんかな?」

「マジかよ面倒くせえな」

「面白いはずやねん」

原稿を手渡すと、菊池は最初の数枚をぱらぱらと読んだ。

「どう？」

「いやー……まあとりあえずウチで定期開設してくれへん？」

「去年させられたやん！」

「もう一個、俺の支店で」

「複数口座作るのは難しいやろ。それよりどう？　小説」

「うーん」

彼は少し考えて言った。

「じゃあ投資信託買ってくれへん？」

＊

菊池が小説に全く興味を示さないので、彼は諦めて原稿を回収し、自室へと帰った。世の中には小説を読む人間と、読まない人間がいることを忘れていた。処女作である銀行の小説を見せればその内容に菊池は食いついただろうが、明らかに菊池がモデルである社員が登場し、明るく振る舞っていると思ったら後半で突然自殺してしまい、遺書にはその暗い心情が綴られていた……という流れがあるため、不用意に見せれば間違いなく殴り倒されるだろう。彼は読者を得ることができず落ち込んでいた。素人の書いた、価値の裏付けのないものを百枚も二百枚も読んでくれるような奇特な人間は少ない。それを読んでくれるとすれば、一定程度以上の信頼関係を築いた友人や恋人をおいて外にない。しかし、どちらも彼の作品には見向きもしなかった。確実に将来有名になる作家が目の前にいて、その生原稿を見せているというのに、実にもったいないことだ。彼は仕方がないので自分一人で推敲することにした。そして原稿を読めば読むほどに、自分は天才だという確信を強めた。やはりな、と彼は再び思ったものだった。「道理で普通の仕事ができないわけだ。俺の才能は全て創作能力に配分されていたのだ」

＊

彼は三作目に、どんな話を持ってくるべきか悩んでいた。自分の経験していないことは取材や調査で補うしかないが、それでは筆の滑りが悪くなる。今はまだ自分の全能力を出しやすく、また速く書き進めやすいであろう実体験に即した小説を書こうと思った。その上で、前二作の暗い雰囲気とは違う、ポップな小説にしてやろう。そして彼は、フリーターを主人公にした堕落小説を書き始めた。主人公のダメっぷりをどんどん加速させていく。途中には都合良く主人公に言い寄ってくる可愛い女の子を配置した。現実にはそんな女の子は存在しない。ダメな男に寄ってくるのはダメな女である。それはもう、容姿か性格かはわからないが、とにかくダメな男には不思議とそのレベルに応じたダメな女の子しか寄ってこないものである。そしてダメが限界値を突破すると、誰も寄り付かなくなる。

それが、今の俺だ。

俺の現状がダメであることには疑いの余地がないが、それは仮の姿に過ぎない。処女作が世に出れば、俺は一転し「新進気鋭の作家」としてスポットライトを全身に浴びることになる。彼女は俺の元に舞い戻り、菊池は俺にひれ伏すだろう。

彼は三作目のタイトルを『俺の彼女がこんなに可愛いわけがない』とし、執筆を進めると同時に、処女作の受賞インタビューの草案を考えていた。

――受賞おめでとうございます。

吉川　ありがとうございます。

――受賞作では、銀行に入った一年目の社員が仕事に苦戦し、人間関係もうまく構築できず、一人で鬱々と悩み続ける姿が描かれています。これは、ご自身の経験から書かれたのでしょうか？

吉川　いえ、完全なるフィクションですね。銀行に勤めてはいましたが、周りはいい人ばかりでしたし、僕自身も仕事を楽しんでいました。これは、僕が就職前に想定していた「最悪」を形にしたものと思ってもらえれば（笑）。

――なるほど。では、銀行を退職されたのは、執筆活動に専念するため、ということですか？

吉川　そういうことになりますね。辞める時には上司や同僚から随分引きとめられたんですが、どうしても夢を実現したいという思いが勝り、退職届を提出しました。最後にはお別れ会を開いていただきまして、支店長が「未来の芥川賞作家、吉川君に乾杯！」なんて言うんですよ。あ、これはいよいよ本気でやらないとまずいな、と（笑）。

――支店長の言葉が執筆を後押ししたわけですね？

吉川　結果的にはそうなりましたね。そして一作目でこのような賞をいただくことができ、自分は本当に幸運に恵まれているな、と思います。

――運で受賞はできませんよ。吉川さんの実力が認められてのことです。次回作も楽しみにしています。本日はお忙しいところ、ありがとうございました。

吉川　ありがとうございました。

まあ、こんなところだろう。彼はインタビューの流れを書き出し終えると、ふと狭い部屋を見渡した。布団は起きた時の形のまま、鳥のはく製のように固定されている。そしてその向こう側にある開けっぱなしのクローゼットには、銀行員時代に着用していた白のカッターシャツが十枚掛っている。そのうち五枚の襟の内側と袖口は、黄色く変色している。銀行で勤めた最後の週に着たものは、そのままクリーニングに出していなかった。そんな金があるなら、食事代に充てるべきだと考えたからだ。

彼の食生活は荒廃していた。朝食はコンビニで売っている八本入りのスティックパンを、一日に一本ずつ食べた。昼食のほとんどはカップラーメンで済ませた。晩御飯には、炊いて冷凍保存している白飯と、納豆を合わせて食べることが多かった。体重はみるみる減ったが、身体に不調は感じない。むしろ、仕事を辞めてからの方が精神面で解放されているためか、すこぶる快調であると言っていい。

彼は平和な精神状態をもって穏やかに三作目を進めていった。「私、あなたが好き」「俺みたいなダメなフリーター、どこがいいんだよ。君ならもっと素敵な相手が」「違うの！

何をやってるかなんて関係ない。私が愛しているのは、あなただけなの！」
これは――彼は書いているうちに、高校数学で習った微分法を思い出していた。「キャラクターのリアリティが、零に限りなく近付いている」

＊

生きたキャラクターが描けないのは、自分が生きた人間から遠ざかりすぎているからだと彼は考えた。ここ数か月、まともに言葉を交わしたのは彼女と菊池の二人だけである。ほとんどの時間は部屋に引きこもっており、コンビニのアルバイトでは、仕事上必要な言葉以外発していない。しかし、彼は現状を変え、人との接触を増やして小説に生かす方向には動かなかった。彼は昔はまっていた某競馬ゲームになぞらえ、「逆フロー理論」なるものを考案した。ゲームで言うところの逆フロー理論とは、競走馬の能力が設定されている下限を下回ると、一回転して何故か最強馬と化してしまうという現象を利用して生産を行うものである。つまりこれを小説に置き換えると、キャラクターのリアリティを極限まで低下させ切れば、それは一回転して最高級の輝きを放つキャラクターと化すのではないか、ということだ。そのために、彼は小説のキャラクターに対し、選択肢がいくつかある状況で、常人ならば確実に避けるであろうものを必ず選ばせるという処置を施した。会話でも慎重に、普通はそんなこと言わないだろう、というセリフを取り込んだ。そして有り得ない選択を支える有り得ない状況設定。彼は頭を悩ませて書き続け、ついに脱稿した。

最終章　静かなるワーキング・プア

スリーアウト、チェンジ

そう言われた男はバッターボックスから出ることを潔しとしなかった、なぜならまだ昨日録画していた大河ドラマを最初の八分間しか観ていなかったからだ。「時をかける五人囃子！」審判はトラベリングのサインをしながら叫んだ。男は飛んできた唾をよけ右ポケットからスミス&ウェッソンM2913を取り出し、ピッチャーに向けて撃つふりをしながら、「君たちに明日はない」と叫んだ。するとキャッチャーをしていた女が威勢良く立ち上がり、男の胸ぐらを摑んで言った。

「明日なんて、誰にあるって言うの？」

「でも君は、シームレスで液状化した修行僧を歩きましたよ」

「大麻はホームグロウが一番と言うでしょう」

「なるほど、麦茶とレーザープリンターを間違えて読んだのが二日前ですね」

「だから私は、『現役ですか？　一浪ですか？』と聞いたの」

「僕はその時博物館と一緒にフィールドホッケーを見ていて、赤の万年筆とカーディガンを連投させていました」
「じゃあ、リング中央から再開しましょう」
二人は話し終えると、お互いの手に簡易裁判所をはめて殴り合った。その時間は彼らをこの上なくハッチバックな気分にし、男の左うちわに合わせた女の春キャベツが炸裂した。男は鉄兜が砕けるのを感じると共に、盛大に射精した。バケツ一杯分ほどの精子が放出されたのではないかと疑うほどの快感であった……これからも、毎日二枚の製氷機と散歩をしよう。まあ、印鑑がたらふく食えればの話ですがね。

〈了〉

……

「やってもうた」
彼は正常な思考を取り戻して呟いた。一応初めは恋愛小説だったものが、実に原稿用紙三百枚を費やして、見事に電波小説へと生まれ変わっていた。何度読み返してみてもよくわからない。頭が痛くなるだけの糞作品だ……もはや手の施しようがない。どうして逆フロー理論が間違いだとすぐに気付かなかったんだろう。彼は多くの時間を浪費した自分を責めた。

しかし数日後、この『俺の彼女がこんなに可愛いわけがない』を再び読むと、彼は意外にも手応えを感じた。これは自分の混沌とした脳内がうまく描出された名作だ。処女作でデビューし、数年の時を置いて、俺は何らかの高尚な精神修行を続けた末、ついに崩壊してしまったという設定にする。狂った人間の思考というのは、正常な人間にとって興味深いものであろう。狂人には論理が通じない。無意識のうちに論理の積み重ねで動いている正常な人間にとって、これほど不気味なことはないだろう。冷静に可能なことと不可能なことを仕分けたり、常識的にやっていいこととやってはいけないことを仕分けたりということを、狂人は行わない。彼にとって一切は可能であると同時に不可能であり、一切は許可されていると同時に禁止されているのだ。この作品には、「病床で書かれた衝撃の問題作、ついに刊行！」という帯を付ける。これは売れるに違いない。狙っていた逆フローの効果とは違ったが、やはり天才は何をやっても天才なのだ。彼はすでに明日に迫っている処女作の一次選考の発表を楽しみに、その夜はぐっすりと眠ることができた。

＊

翌日、彼は最寄りの大型書店へと足を運び、一次選考の結果が載っている文芸誌を立ち読みした。目的のページに辿り着くと、右端の見出しの下に応募総数１０３０、一次通過者数１２１とある。そして、その左側には通過作品名と作者名が列挙してある。そこには、『銀行員死の彷徨』がしっかりと記載されていた。

「やはりな！」

それを発見した瞬間、彼はつい叫んでしまい、店内にいた客に睨まれた。彼は恥ずかしがりながら雑誌を購入しようとしたが、明らかにお金が足りないことに気付き、元の場所に戻した。仕方がない。受賞した時に買えばいいことだ。

部屋に帰ると、彼は滅多に使わないデジタルカメラを録画モードに設定し、受賞スピーチの練習を始めた。「えー。この度は、このような栄誉ある賞をいただき、誠に、身に余る光栄であります。この小説は、自分自身がですね、銀行に勤めていたという経験を生かして一つの物語を創れないかということから、発想を広げていったものです。普段表面にはなかなか現れてこない、人間の暗い面を浮き彫りにできれば、と思い、筆を執った次第であります」

固いな……一人でやっているにもかかわらず、こいつは何故こんなに緊張した顔ができるんだ。これは当日までに相当練習が必要だな。

スピーチを数テイク撮ると、彼はこの偉大なる天才の第一歩を誰かに知らせようと携帯電話のアドレス帳を眺めてみたが、もう疎遠になってしまった人間ばかりであることに気付いた。最初にこの小説を見せた彼女にも、もはや伝えようがない。今、俺のことを覚えている人間は果たして何人いるだろうか？　彼は寂しさに打ちひしがれると共に、天才の孤独を愉しんでもいた。俺はこの最低の閉鎖空間から、突如として文壇に降臨するのだ。それを知れば、俺を認めなかったすべての人間たちが態度を改めるはずなんだ。

そしてその時、俺の人生が始まるはずだ。

＊

彼は四作目の小説をなかなか書き出せずにいた。逆フロー理論により思いがけない傑作は生まれたが、それは狙っていた効果とは明らかに異なるものであったし、そう何度も使える手段ではない。やはり、今の俺には生身の人間との接触が必要なのだ。

そう思い、友人関係が希薄になっているというよりもはや消滅しているといって差し支えない彼はインターネットで掲示板を検索し、「オフ会」なるものに参加しようと決めた。ネット上での繋がりしかない見ず知らずの人間たちが、現実世界で会おうという無謀な試みである。彼は作家志望者が集うオフ会を探し出し、参加を表明した。開催は一週間後の土曜日、場所は大阪の梅田であった。凡人たちの話は聞くに値しないものだろうが、俺のような天才の作品にも多数の凡人を登場させる必要がある。その凡庸な思考回路を学び取り、作品の登場人物に反映させることは非常に有意義であろう。

＊

何も考えつかないまま惰眠を貪っていると、瞬く間に土曜日がやってきた。気付いてみれば時はすでに十一月であり、彼が銀行を辞めて八か月が経とうとしていた。彼の空白期間は一秒ごとに記録更新を続けている。一年で会社を辞めたという事実も、彼に根性の欠落していることを露呈してしまう。この不景気の中、大学卒業後三年以内の「第二新卒」枠で就職活動をしても、彼がはじかれてしまうことは明白だった。たまに就職サイトを見ることはあったが、彼は文章を書くこと以外の才能はゼロだと自覚しており、再び就職できたとしても同じ結果に終わることは確実だと考えていた。何より、執筆の時間が減ってしまっては元も子もない。

彼の乗った電車がＪＲの大阪駅に到着した。待ち合わせ場所の阪急梅田駅一階のビッグマン前へと移動する。ビッグマンというのは二百インチの大型液晶ビジョンの名称で、多くの人間が待ち合わせの目印として活用しているものである。

「あの……ラディッツさんですか？」

彼がビッグマン前でぼうっとしていると、女性が話しかけてきた。いかにも、私がラディッツである。何故かと言うと、ハンドルネームを付ける時にちょうど国民的人気バトルアニメの再放送で、そのような名前の宇宙人が暴れて主人公らしき男と緑色の生物を困らせていたからだ。女性は長い黒髪で黒ぶちの眼鏡をかけており、地味な薄手のダウンジャケットからはファッションセンスの欠片も感じられない。顔立ちは悪くないように思えたが、眼鏡の破滅的なダサさが正当な判断を狂わせる。

「ラディッツです。ロザリーさんですか？」

「ええ、そうです。はじめまして」

「はじめまして」

「……」

「……」

彼の地を這う会話能力が長い沈黙を生み出す。しかし、このロザリーという女性も相当な人見知りであると感じられた。他のメンバーは何をしているんだ。早く来い、カスども。早く来てこの沈黙を切り裂いた挙句、俺の小説の糧となれ。彼がイライラしていると、一昔前のギャル男のような出で立ちの「スティンガー」と、ガリガリに痩せ、生気の微塵も感じられない「小太郎」がやってきた。

四人が揃い、軽く自己紹介をした後、彼らはすぐ近くの喫茶店に入った。

「みんなって、どんな小説書いてんの？」

スティンガーが口火を切った。「俺は、エンタメ系の長編書いてるんやけど」

「あたしは、純文学系の賞に応募してます」

「ぼ、僕は、主にライトノベルを、か、書いていますね」

それぞれの発言の後、彼は言った。

「俺の作品は、そのようにカテゴライズされ得ない」

「どういうこと？」

「大体、何をもって純文、エンタメ、ラノベを分けているのか？　俺にはよく理解できない。俺はそんなジャンル意識を持って書いてはいないし、この俺ラディィッツの書く小説は、ラディィッツ小説とでも呼ぶ外ないんだよね」

この発言、天才っぽくね？　彼は得意気に三人の顔を見た。彼は今後自分に関係しないであろう人間に対して、恐ろしく不遜な態度を取る才能を持ち合わせていた。三人はあからさまに「なんだこいつは」という表情を浮かべている。それも無理はない、と彼は思った。人は、自分の理解できないものは軽蔑して、自分の枠外に投げ捨てるものなのだ。ロザリーと小太郎がただ気まずそうに視線を泳がせる中、スティンガーが言った。

「自分、やる気あんの？」

やる気？　と彼は驚いた。あるに決まっている。少なくともお前らの二兆倍はある。その部分に質問が来るとは予測できていなかった。彼が呆気に取られていると、スティンガーは続けた。

「自分の作品がどのジャンルに属するかわからんなんて、読書量足りてへんで」

「読書量？」

「そうや。色々読んでたら、ジャンル分けぐらいできるやろ。自分どの作家が好きなん？」

彼はさらに呆れた。人の作品など読んでいる暇はない。そんな時間があれば独自の小説をどんどん執筆すべきではないのか。そして彼のこれまでに読んだ小説は、実際数えるほどしかなかった。元々、彼は菊池と同じく読書をしない性質の持ち主だったのだ。

「好きな作家なんておらんで」

「じ、じゃあ、なんで作家になりたいと、お、思ったんですか？」

小太郎が泳いでいた目をさらにギュルギュル泳がせながら口を挟む。世の中に自分の存在を知らしめ、それと同時に彼女に実力を示して戻ってきてもらうためだ。

「自己表現の衝動に抗えなかった、というのが正直なところやな」

彼は少々嘘をついた。

「たぶん、ラディッツさんの小説は、独りよがりなものになっていると思う」

間髪を入れず、ロザリーが楯突いてくる。

「は？」

「小説というのは、読者の視点に立って書かなきゃいけないと思うんです。どうすれば相手の心に届く文章になるか、常に考えながら書くものだと思うんです」

彼はまたしても驚いた。なんと凡庸な考え方だろう。やはり、今日このオフ会に参加したことには意味があった。この天才の意見は三人には理解されないだろう。その理解のされなさというものを、小説にうまく反映できれば大きな成果になる。

「なんでそんな、サービス業みたいなことせなあかんねん」

「小説は究極のサービス業でしょ？　人の心に何かを残すっていう、本当に難しいサービスを提供しているんだと思う」

ロザリー。ロザリーコラてめえなめてんじゃねえぞタコ野郎。こういうまともな人間がまともに書いた小説が一体何になろう。ロザリーの書く小説の底が知れた。大体どんなものかも予想できる。女性の繊細かっこ笑い的な心理が描写されたベタな恋愛小説を、純文学風味の文体で包んだものだろう。

「へえ。俺はそんな風には思わないな」

「どうして？」

「自分を、作品を理解して欲しいっていう姿勢は物語を平凡にするし、そこには独自性が付与されない。俺はそんなものより、作者が人の目なんて気にせず自由に書いた文章、いわば乱暴な文章にこそ意味と勢いがあると思う」

「お前、話ならんな」

スティンガーが口を開いた。どうやら三対一のようだ。いいだろう。こんな二度と会わないようなヴァーチャルなやつらは、木端微塵にしてやる。彼が十数年ぶりに闘志を燃やしていると、スティンガーが続けた。

「そんなもん、日記に毛の生えたようなもんやんけ。小説にならん。大体、大して小説読んでもないのにようそんなこと言えるな。素人同然やで」

「ぼ、僕もそう、思います。最低でも、二百冊は、よ、読むべきです」

「なんでやねん、二百冊も読んでる暇があったら自分の文章書くわ」

「……と、とりあえず、そ、それぞれの作品を見て判断しませんか？」

小太郎のもっともな意見に彼は仕方なく同意し、鞄から『銀行員死の彷徨』を取り出した。三人も自分の作品の原稿を取り出し、机の上に置いた。

「ラディッツの作品読んでみようや」

三人は彼の文章をみんなで黙読し始めた。そして彼はまず、スティンガーの小説を読んだ。高校生が主人公の青春モノで、部活動を中心に据えて書かれているようだ。思っていたよりは、面白そうだ。ロザリーの作品は当初の予想を裏切り、孤独な女性のドロドロとした病的な心理が描かれたものだったが、文章が難解すぎて彼には理解できなかった。小太郎のものは何やらクールなツッコミ担当の主人公と、ちょっと普通とはズレた感覚を持つツンデレ美少女の冒険譚だった。ふうん。思っていたよりも三人のレベルが高く、彼は安堵した。世の中、まだ捨てたものではない。こいつらなら、俺の世界にギリギリついてこられるかもしれない。

「これあかんで」

スティンガーが唐突に言った。

「これ自分の日記やろ?」

そうだ。元々日記だったものを小説の形にまとめ直したものだ。何故わかったのだろう。

「無理やりつなげた感が出てしもてる。文章は普通やし、一応ストーリーらしきものはあるから、どっかの文学賞の一次選考ぐらいなら通るかもしれへんな」

アホか。受賞するんだよそれで。あまりアホなことを抜かすな。

「やっぱりこれは、読者の視点に立つということができてへん。センス自体はあるかもしれへんから、もうちょっと勉強してみたら? 小太郎も言ってたけど、小説いっぱい読んだ方がいいで」

おい黙れこの凡人! と彼は思った。やはり天才の感覚は一般に理解されないのだ。大体凡人の考えることはわかった。彼はこれ以上話し合っても得ることはないと思い、闘うことをやめた。

「確かにそうかもしれへんな。みんなの小説、なかなか面白かったで」

その二週間後、『銀行員死の彷徨』の二次選考の結果が発表された。

落選であった。

＊

彼は深い絶望の中にいた。素人同然の凡人に理解されないのはともかく、文学賞の選考に漏れるということは、やはり今の方向性で世に出ることはできないのかもしれない。彼は小説をブックオフで買い漁った。なけなしの貯金をおろし、置いてあるものを買えるだけ買った。芥川龍之介や谷崎潤一郎や太宰治や安部公房や村上春樹や奥田英朗や伊坂幸太郎や東野圭吾や西尾維新や綿矢りさや川上未映子など日本の有名どころ、そして世界文学全集やらの古ぼけた分厚い本をしこたま買った。それでも大した出費にはならなかった。こうしてすでに価値の認められた文学が、よくわからない無名の作家の新作よりも安く買えるのは不思議な気もした。内容によって値段を変えるべきではないかとも思った。しかしこと文学において客観的評価は難しいから、こういう形での平等性が保たれるのが結局は最もフェアなのだろう。そしてそれから一か月ほど、彼はその作品の山を読んだ。読みに読んで、全てに目を通したところで、高熱を出した。しかし、病院まで行く気力も体力も、お金もなかった。それに、彼は健康保険の加入手続きをしていなかった。銀行を退職した後、書類が送られてきたことは覚えている。社会保険を二年間任意継続できます。そうしない場合は、国民健康保険に加入する必要があります。しかし、彼は面倒臭くなり何もしていなかったのだ。彼はなんとか力を振り絞って薬局で風邪薬を買い、来週には、市役所に行こうと決意した。

*

「国民健康保険に加入したいんですが」

翌週、彼は市役所の窓口で市職員と向かい合っていた。なんとも公務員然とした顔をしている。元々がインテリ風の顔である上に、それをさらに強調するような眼鏡をかけている。種類としては銀行員に似ているのかもしれない、と彼は思った。

「それでは、社会保険の資格喪失証明書はありますか？」

「は？」

「以前加入されていた社会保険の資格が、いつ無くなったかを証明する書類です」

そういえばそんなものが送られてきた気がする……しかしもう、銀行関係の書類はまとめて捨ててしまっている。

「持っていないんですが……」

「それでは、会社に連絡して喪失日を確認させていただきますね。電話番号はおわかりですか？」

「えー、携帯に入ってます、たぶん」

彼は渡された紙に銀行名と電話番号、さらに氏名と住所と生年月日を書き、職員に返した。「少々お待ち下さい」

職員が奥の電話を手に取り、何やら早口でしゃべり出す。窓口は人で溢れかえっている。すでに定年しているであろう老人や失業したと思しき若者。ヤンキー風の子連れの女は離婚したのだろうか？　どうやら窓口を担当している職員は四名らしく、他の職員たちは自分のデスクから動かない。大抵はキーボードをバチバチと忙しそうに叩いているが、中には明らかに無駄なおしゃべりをしている職員もいる。なんだあの税金泥棒は……いや、銀行だって全員が四六時中真剣な顔で働いているというわけではなかったかな……彼がなんとなく中を観察していると、さっきの職員が帰ってきて言った。

「今年の四月一日に喪失されていますね」

「まあ、そんなもんですかね」

「あの、この四月まで遡《さかのぼ》って保険料をお納めいただくことになるのですが」

「えっ」

彼は思わず声を上げた。今は十二月だ。八か月分も保険料が発生しては、払い切れるはずがない。

「どうしてですか？」

「国民皆保険制度と言いまして、健康保険に加入していない期間というのがあってはいけないんですよ。法的には無保険ではなく、未手続きの状態だった、ということなんです」

「はあ」

「まあ、一気にお支払いされるのが難しければ分割納付も可能ですから」

「いくらぐらいになるんですか？」

「お調べ致しますね」

職員は彼の免許証を見ながらパソコンに何やら打ち込んで、言った。

「四月からのご加入ということで、年間約三十万円になります」

「三十万！」

「月当たりにすると大体二万五千円ですね」

「じゃあ過去に遡って発生する分は」

「約二十万円ですね」

「そんな！　無理なんですけど！」

「あの、分割して」

「分割しても無理です……大体今まで保険証も持ってなかったのに。二、三回病院に行った時も、自費で払ったんですよ！　その間の保険料も払うなんて、おかしくないですか？」

「資格喪失から二週間以内に手続きしていただかないと、保険の遡及給付はできないんです。それに資格発生時点からの保険料を払っていただかないと、手続きを遅らせた方が得、ということになってしまいますよね。分割の金額は無理のないように設定させていただきますから」

……終わった……文学賞の賞金さえもらえれば一括で払ってやったのだが。彼はとりあえず保険証を作り、これまでの分を一万円ずつの二十分割とした。来年度の保険料に重なるが致し方ない。そして今後の分は月に二万五千円ずつ納めねばならない。合わせて三万五千円だ。最悪だ。本を買わなければ良かっただろうか？　あれを少しでも保険料に充てるべきだったろうか、本なんかを買ったせいで保険料が支払えないなんて俺が市職員ならば絶対に許さないだろう、しかし俺はやはりあれらを買わねばならなかった、どうしても買わねばならなかったのだ、栄光へ向けてすべての手を尽くさねば俺は死んでからも後悔するだろう。死んでからの後悔ほど無駄なことはない。絶対に、このまま終わるわけにいかない。

彼は「市役所」「健康保険」という語に、「社会」を感じていた。もはや何の親しみも持っていなかった「社会」である。どうしても、この夢無きシステムから逃れることはできないのか？

＊

保険証を受け取って彼は部屋に帰った。そして読み倒した小説の内容をまとめ、秀逸だと思った表現を書き出していった。そうすることで、なんとなく自分の立ち位置が掴めてきた。処女作は送り先を間違えていたのだ。自分の作品は、エンターテインメントに属する。カテゴライズされないなどと言い放ったが、確実にエンタメだった。いわゆる「カテゴリーエラー」で落とされたのだ、と彼は納得した。

しかし大きな問題が噴出していた。どれを読んでも、自分の作品よりも面白いような気がしてならなかったのだ。どういうことだ、と彼は憤った。文章を書くためだけに脳をカスタマイズされ他の能力を全てスポイルされた俺という怪物の書く小説が、なぜ他者の作品に劣るのか？　彼らの作品の何がどう面白くて、自分の作品の何がどうつまらないのか？

どうも、俺にはまだ人間観察が足りないようだ。また、作品に魅力を与えるには、魅力的な女性の登場が不可欠だ、と思った。

彼は早速、オフ会で知り合ったロザリーをメールで誘ってみた。連絡の取れる女性の知り合いがロザリーだけだったからだ。「こんにちは。もし時間があったら、また今度遊びませんか？」その一時間後にやっと返ってきた答えは、彼にも意外なものだった。

「いいよ。今週の土曜日ってひまかなぁ？」

＊

今週どころかほとんどすべての土曜日がひまであった彼はまたも梅田のビッグマン前にいた。前回の印象が最悪であるに違いないにもかかわらず、ロザリーが快諾したのはどういうわけだろう。彼女もまた、男性の心理を探って作品に反映させようとしているのだろうか。彼女の小説の主人公は女性で、ほとんどがその独白で構成されていた。彼にとって非常に読みにくく感情移入のし難い作品であったが、その陰鬱な内容からは、彼女が恋愛にいささかの夢も持っていない、あるいは彼女自身に恋愛の経験のないことが予想された。

「こんにちは。久しぶりだね」

そこに現れたロザリーは前回と別人のようだった。重たい印象しかなかったロングの黒髪はシュシュ一つで何やら素晴らしげなポニーテールに変わり果て、ダサかった眼鏡はコンタクトレンズに替わり、ピンクのニットワンピースからすらりと伸びたセクシーな生足は彼の目を釘付けにする。全くファッションに気を遣わずに丸腰でこの戦場にやってきた彼は赤面した。これは、紛れもない、デートだ！　彼の下半身がそう告げる。彼は恐れながら声をかけた。

「ひ、久しぶり」

「あれ、なんだか前と雰囲気が違うね」

雰囲気が違うのはお前だろう、と彼は思った。もう俺はダサダサの格好で今日一日を、お洒落で可愛い女の子と過ごすのだ。これはとんでもない罰ゲームだ。デスペナルティだ。そうは思わないかね、と彼は下半身に語りかけた。

「あたしまた小説書いたんだけど、誰かに読んでほしいなと思って」

彼は少し嫌な顔をした。前回も、ロザリーの作品は難解な文章で構成されていて一番読む気がしなかった。

「まあまあ、そう言わずに見てみてよ」
彼が言葉を発する前に、ロザリーはそう言った。彼らは前とは違う少し高級な喫茶店に入り、ブレンドコーヒーを二つ注文した。彼女はそれを飲みながら何やら海外の小説を読み、彼はロザリーの原稿を読んだ。

私は幼時より、現実とは何か、ということに頭を悩ませてきた。絵を描く。駈足をする。顔を洗う。そういった日常的所作でさえ、私にとって現実感のないものであった。私は今、何をしているのか？　どんな時間軸に生きているのか？　私は毎晩眠る時、死の感触を愉しんだ。睡眠は死に等しい。世界の現実感の希薄さに窒息していた私は、死を仮装した眠りに落ちる瞬間のみ、解放の幸福を感じた。嗚呼、これで私は死ねるのだ、と思うと胸が躍る。欣喜雀躍《きんきじゃくやく》する。そして次の朝、私は生まれる。前世の記憶を蓄積した新生児として、この幻想の世界に再び誕生するのだ。私は目覚めると、必ず嘔吐感に襲われた。またただ！　またこの世界に……現実は殺害され、想像力は喪失されている。私が空腹のまま黄色の液体を吐くと、その中には無数の白い虫が蠢いていた。悲鳴を上げる気にもならず、私はそれを一つずつ、ぷちぷちと潰した。その瞬間に、虫はぐにゃり、ぐにゃりと激しく身体をよじる。中からは赤い汁が滲み出す。爪で身体を二つに割いてやった後も、彼らはしばらくの間ダンスを続けた。断末魔の叫びが、私には聞こえる。ははは、と私は笑った。さあ、お風呂に入って、学校へ行こう。今日は授業参観がある……


「なんなん、これ？」

「ある小学生の日常だよ」

「嘘やろ？」

「何が？」

「これが小学生の思考？」

「常識に囚われていたら、小説は書けないよ。それに、これが一般的な小学生の枠を大きく外れているとも思わない。子供だって、色々なことを考えて生きてる。ラディッツ君もそうだったでしょ？」

んなわきゃあるか、と彼は思った。小学生の頃なんてドッジボールと、サッカーと、テレビゲームぐらいしかしなかった。毎日がひたすらに楽しかった。そうだ、あの頃は毎日が楽しかったのだ。

「ロザリーさんは」と彼は言った。「何かの病気なの？」

急にロザリーの顔が青ざめる。呼吸を荒くしながら、彼女は乱暴に原稿を彼から奪い取った。

「あたしが病気なわけないでしょ！　ラディッツ君は、自分が理解できない人は病気だと思うのッ？　失礼だよ！」

そう叫びながら、彼女はポケットから謎の薬を四錠ほど取り出し、コーヒーで一気に流しこんだ。

「ふう……」

数秒で、彼女は穏やかな笑顔を取り戻していた。「ごめんなさい、もうやめよう。ラディッツ君に見せる小説じゃなかったのかもね」

彼女の袖から覗く白い手首には、幾筋もの傷跡が刻まれていた。ははあ、こいつ古いタイプのメンヘラだな、と彼は思った。自分の中で精神的に優位に立ったと感じた彼は、彼女の放つ圧倒的な可愛らしさに気圧されることもなくなり、ダサい服装とダサい髪型をもって彼女を見下ろしていた。これは良い小説のネタになる。

「ごめん、あんまり凄かったから。もっと読ませてくれへん？」

＊

その夜、彼らは身体を重ねた。彼にとっては一年ぶりのセックスだった。やはり作家たるもの、セックスシーンの描写は避けられない。そのためには現実のセックスを定期的に経験する必要があるのだ。彼は煙草を吹かしながら、今日の行為をどう文章に起こそうか考えていた。まず、ポニーテールがほどける瞬間の輝きを表す言葉がこの世界にはない……

「ねえ」彼が頭の中の辞書をめくり続けていると、ロザリーが言った。

「私たち、付き合わない？　作家志望者同士って、きっとうまくいくと思うんだ」

いかねーよ！　と彼は思った。こんなクズフリーター同士がくっついて、何になると言うのだ。しかも彼女の頭が多少いかれているということは、小説からもセックスからも十分に読み取れる。しかし彼は一秒にも満たない葛藤の後に答えた。

「そうやな。付き合おっか」

それは完全なる打算により採用されたセリフであった。参考資料としての恋人を、彼はこうして簡単に作ることに成功した。そして美しい参考資料を手に入れると同時に、ふと前の恋人を懐かしく思った。あいつは今どうしているんだろうか。麻衣子は今、どこにいるんだろうか。この俺の順調な驀進《ばくしん》を見せてやりたいところだが、今は叶わぬことだ。いつか日本中に俺の名の轟く時が来る、それまでの我慢である。彼は、麻衣子に今彼氏がいることは間違いないと思っていた。二人の関係が悪化してきた頃、彼女に男の影があることを彼は敏感に感じ取り、携帯電話を覗いてしまっていたのだ。なんと気持ち悪いことだろう、とは、彼は全く思わなかった。恋人同士には一切秘密があってはいけないというのが彼の持論だった。二人が全てをさらけ出し、混ざり合い、一つになってしまうような現象をこそ、恋愛と呼ぶのだと思っていた。携帯を見るとそこには一人、親しくメールをしている男がおり、その名を宮田章吾と言った。決定的なメールを見つけることはできなかったが、彼女の宮田に対する送信メールは大抵において尊敬の念を含んだものだった。なんでぞ！　と彼は思っていた。俺の方が彼女を愛している。俺よりも彼女を愛せる人間などいないというのに、何故麻衣子にはわからないんだ。この宮田とかいうやつに尊敬の念を無駄遣いするくらいなら、その念を愛情に変えて俺に注ぎ返すべきだろう。

彼は宮田からのメールを見て宮田の情報をかき集め、パソコンで三日三晩かけて検索した。そして、宮田のやっているブログを発見することに成功したのだ。彼はその時、白目を剥き泡を吹いて喜んだ。「マイ・ダイアリー」という、何のひねりもなく、何のセンスも感じられないブログタイトルには辟易したが、問題は内容である。まだ別れていなかった当時は、麻衣子について書いている箇所は見つからず、結局飽きて放っておいたのだ。
久しぶりにマイ・ダイアリーを見てみよう、横にロザリーがいるにもかかわらず彼は思った。

*

翌日、彼はホテルから自室へ帰り、急いでマイ・ダイアリーを読んだ。そこには、語学を趣味でやってます、とか、留学したい、とか、仕事の悩みがどうとか、誰の本がオススメだとか、非常に真面目なことが書かれてあり、以前と特に変わりはないようだった。つまらん男だ。俺ならもう少しユーモラスに……と思っていたら、ある部分が気になった。「今日は、遊園地に行ってきました」遊園地――遊園地？　この生真面目そうな男にはおよそ似つかわしくないスポットである。確実に女性と一緒に行っているはずであり、その相手が麻衣子である可能性はかなり高いと思われた。なぜなら麻衣子は無類の遊園地好き、厳密に言えば無類のジェットコースター好きだったからである。しかし、この生真面目な男の個人情報保護法は国家レベルに強固なものであり、自分以外の人物についての詳細は全く書かれておらず個人特定は不可能だった。しかし――と彼は思った。「俺は不可能を可能にする男である」

　それからというもの、付き合いたてのロザリーからのメールには「そうだね、そうだね」と全く心のこもらぬ返事をしつつ、彼はブログの怪しい箇所の検証を始めた。気になる文章を抽出し、それらの品詞分解までも行った。なんと気持ち悪いことだろう、とは、彼は全く思わなかった。愛する女性の現状を知るべく、親密な男性のブログをチェックすることは、何ら恥ずべきことではなく、愛の大きさの証明ともいえる行為だ。

　彼は数日に渡る徹底的な検証の結果、この男は麻衣子と付き合っていると断定した。十二月二十日の記事に、「クリスマスは彼女のＭちゃんとゆっくり過ごします」と書いてあったからだ。彼の分析を全て無にするようなこの一文に、彼は腹を立てた。そのまま書いてどうする。俺の努力が、水の泡だ。

＊

「ねえ、クリスマスはどうする？」

　ロザリーがメールを送ってきた。彼は、「作家志望者らしく、一緒に小説を書こうよ」と言った。一刻も早く世に出て、宮田と麻衣子を引き裂かなければならない。十二月末の、百枚程度の小説を募集している文学賞に合わせて作品を完成させる必要がある。未投稿の手持ちの作品はすべて二百枚オーバーなので使えないが、百枚ぐらいなら今からでも新作を書き上げることができるだろう。ロザリーは喜んでいた。「じゃあ、まーくんの部屋に行くね」

彼はもはやラディッツからまーくんへと昇格していた。

クリスマスイブに、ロザリーはノートパソコンを持って彼の部屋にやってきた。「私もそろそろこれ完成させなきゃね」と言いながら、前に彼が見た、頭の狂った小学生が主人公の小説を書き始めた。小学生はもう二年生から四年生に成長していたが、相変わらず朝に吐く癖は治っていなかった。対する彼はまだ四作目を書き始めて間もなかったが、なんとなく構想は練っていた。それを書くに当たって、また彼は一つの理論を考案していた。「背理法理論」である。彼が背理法に触れたのは数学の証明問題においてだった。これは俗に「ユニコーン証明」などと言われる。まずユニコーンが存在するというような有り得ない仮定をし、そこから生まれる現実との矛盾をもって、「ユニコーンは存在しない」という結論を導き出すというものである。これを小説に応用できないか。

彼は、主人公を小説上に登場させることなく、主人公の人物像を浮き彫りにするような構造を考えた。周りの登場人物の一人に、主人公はAという性質を帯びているのではないかという仮定を語らせ、別の人物の語るエピソードがAに矛盾するものとなり、結果彼はAではないという結論が導き出される。その繰り返しによって、主人公は「AでなくBでなくCでない人物」と規定され、本人が登場することもなく、積極的なキャラ付けをされることもないまま、背理法により人物像が明確に示される。

「っていうのどう？」と彼はロザリーに聞いてみた。

「まーくん凄い！　私そんなの思いつかなかった」と、彼女は無邪気にはしゃいでいる。

お前の書く小学生の方が思いつかねえよ、と彼は思った。

二人は机にノートパソコンを並べてカタカタと文字を打ち続けた。彼が、この背理法で書かれた小説はかなりおもんねーのではないか、と思い始めた頃、ロザリーが彼の右手に左手を重ねてきた。「ねえ」彼女は言った。「大好き……」

＊

結局それからロザリーは年明けまで居座り、二人の小説は完成を見ることなく、十二月の文学賞が締め切られた。やばい、と彼は思っていた。彼も人の子であり、美女とセックスがしたいという衝動は抑え切れない。しかもその美女が、自分を好いてくれているのである。こんなに都合の良いことはない。しかし、現実的に見ればこれは単なるフリーターコンビに過ぎないし、何より彼は麻衣子を愛している。ロザリーのビジュアルは魅力的だが、何かが足りない、と彼は思っていた。何かが麻衣子とは違う。それは何らかの精神疾患を抱えているからとか、変な小説を書いているからとか、そういう表層的なところではなく、もっと本質的な、深い部分にある違いだと思っていた。麻衣子を取り戻すための小説執筆が邪魔されては、本末転倒である。ロザリーは、参考資料に過ぎないのだ。

＊

「ねえねえ、あたしたち、ずっと一緒にいれるかなあ」

初詣に二人で出掛けた帰り道、ロザリーが聞いてきた。おいおい作家志望者がいれるなんて言うなよいられるって言えよ、とおちょくると、「なんだよー細かいなぁ」とふくれたようなふりをしながら、嬉しそうに身体をぴったりとくっつけてきた。

「あたしたち、ずっと一緒に、いられますか？」

「いられるよ。ずっと、ずっと」

「本当に？」

「本当に」

「絶対に、私のこと見捨てないでくれる？」

「当たり前やん。そっちこそ見捨てるんじゃないの？」

「見捨てるわけないじゃん。まーくんが小説家になれなくても、絶対に私はまーくんを離してあげない」

「どうかなぁ」

「ふふ、絶対に離してあげないんだから」

馬鹿が、と彼は思った。俺が小説家になれば、麻衣子が戻ってくる。そうすれば、もうお前のような参考資料は廃棄処分だ。それまで俺はこの恋愛ごっこを演じ切る。外の世界との繋がりが現時点でロザリー以外になく、また外の世界との繋がりのない人間が書く物語は閉じてしまうからだ。閉じた物語は時に爆発的な破壊力を帯びるが、それを狙うのはやや早計であると彼は思っていた。

二人で部屋に帰ると、彼は二作目として書いて寝かせていた『俺は永遠にお前らより若い』をロザリーに読んでもらい、改善点を挙げて欲しいと頼んだ。ロザリーは面白い、面白いと言って、多少の誤字を指摘するのみだった。本当か？　と彼は疑っていた。ロザリーのような純文学を愛する人間が、俺の小説を読んで果たして単純に面白いと思えるものなのか。彼女の文章に比べ極めて平易であり、あまりにわかりやすい構造を取っているこの作品が。こいつは本当に俺に、本音をぶつけようとしてくれているか？　俺を失いたくない一心で心にもないことを並べ立てているのだとすれば、こいつは全く、「作家志望の恋人」として機能しない。単に恋愛を見せてくれるものとしてしか、機能しない。


「ちょっと、ホンマに面白いと思ってる？」

「思ってるよ。早く賞に応募したらいいのに。この枚数なら、ちょっと増やせば一月末の文学賞に出せるよ！」

「うぅん……そう言えば、あの小学生の小説は？」

「これから仕上げに入るよ。私も、一月末のに出す。ライバルだね」

*

それから一週間後、彼は二作目の推敲を終え、少し早目に出版社に郵送した。ロザリー

は時に彼に甘えながら、小説を懸命に書き続けた。そして一月三十日、彼の誕生日につ
いに脱稿した。ごめんね、ごめんね、誕生日なのに小説ばっかり書いてて、と彼女は謝
った。
「いいってそんなの。この小説のデータをプレゼントとしてもらうわ」
「そんなのいくらでもあげるよ。ちゃんと別にプレゼント買うよ」
「いいって、お金ないのに」
「大丈夫だよ。私たち二人とも受賞するから、半年後には賞金が入るもん」
「確かに！」
二人で盛り上がりながら、彼は、彼女の完成された小説の終章を読んだ。あの主人公
は六年生になっていた。

私はもう現実の中に生きてはいなかった。全てが、悪夢のように通り過ぎる。私に話
しかけてくる、この子は一体誰だろう。私を無視する、あの子は一体何なのだろう。彼
ら、彼女らの存在の有無を、一体、誰が確信を持って断言できるだろう。人は生きてい
るときでさえも死んでいる、という気が私にはしていた。複数の死が私に纏わりついて
いる。私はそれらと長い年月をかけて親密になった。でも、まだ私が死体になってしま

うほど、十分に死ぬことができていないんだ。一生をかけて、完全なる死体に、私は変化していく。

部屋の台所には、一匹のゴキブリが這い回っている。油でてらてらと光るその黒い体は、私よりも余程生命力を感じさせる。私はそれを、思い切り踏みつぶした。死が、零から百に満ちる。腹の中からは、緑色の液体が噴出した。ふふ、と私は笑った。体は床と元々一体であったかのようにこびり付き、触角はまだ微かに動いている。このように――と私は思った。「このように、私はなりたい」

〈了〉

マジかよ！　と彼は心の中で叫んだ。こんな小学校六年生がいていいのだろうか。どんな育て方をすれば、こんなクソガキができ上がるのだろうか。しかしこれは、彼がかつて書いた逆フロー小説を、しっかりと小説の体を為したまま完成させた名作にも見えた。存在すると信じて書かれた有り得ない人物の方が、人為的に作り込まれた有り得ない人物よりも面白いのかもしれない。

そして、自分と幸せに過ごしていたはずのロザリーがこのような話を書き上げたことは、驚嘆に値することだった。何だろうこいつは？　二重人格者か？

「どう？　変なところある？」

「な、ないかな」

「本当に？」

「うん、前読んだ時はびっくりしたけど、世界観に慣れたら面白いわ」

「これで賞獲れるかなぁ」

「獲れる。俺たち二人でダブル受賞や」

そして彼女は、小説をプリントアウトし、ダブルクリップで綴じて郵便局に持って行った。当然ながら、彼もそれに付き添った。彼は何やらウキウキしている彼女を見て、この女からあの陰気臭い小説が生み出されたということが益々信じられなくなった。

「ねえねえ、二人受賞したら、賞金って半分ずつになっちゃうのかなぁ？」

無邪気にそんなことを言う。寒そうに両手に息を吹きかけている彼女を見て、彼は少し可愛いと思う。

その夜は二人でケーキを食べながら、小説とは関係のない話をして、恋人らしく過ごした。ロザリーはもう完全に俺の恋人になった、と彼は思った。しかし、彼女を参考資料としてしか見ていないことに変わりはなく、彼が心を開くことは未だになかった。二人が一つになることこそが恋愛であり、麻衣子とでなければその達成はできない。彼は、ロザリーの小説など一次選考で落ちれば良いと思っていた。そうしてライバルが減り、俺の小説だけが受賞し、俺の名前だけが広く知られるようになるべきだ。受賞は一人だ。複数受賞では印象が薄くなる。麻衣子。全ては麻衣子のために。隣に麻衣子のいる人生を手に入れるために。

＊

二月になった。彼はアルバイトの帰り、一人で街を歩いていた。ロザリーは部屋で小説を書いている。よくやるよ、と彼は思っていた。彼も相当な時間を執筆に充てていたが、彼女のそれは異常とも言えるレベルのものだった。一日に最低でも三十枚は書いている。

そして推敲し、ざっくりと分量を削っていくのだ。彼女は努力家である。努力家ではあるが、天才ではない。俺は天才であるからして、後に削ることになるような駄文は極力書かないのだ。

本屋に寄って過去に新人賞を獲得した様々な小説を数冊買い、駅に向かって歩いていると、見覚えのある女性が大柄な男と一緒にいるのが視界に入った。

麻衣子――

一瞬で認識した彼は、横の大柄な男性は宮田であると断定した。なんだ楽しそうにしやがって。俺の麻衣子を。麻衣子は俺の横にいるべき女性なんだ。今は気の迷いでお前の所にいるだけなんだ。いきなり殴りつけてやりたい衝動に駆られたが、「マイ・ダイアリー」に彼の趣味がウェイト・リフティングだと記されていたことを思い出した。コメント欄を見たところ彼のあだ名はミスター・ストイックである。変に襲いかかろうものなら、恐らく返り討ちに遭い、全身を骨折させられた後に俺のちんこがもぎ取られることは確実だ。彼は自分を見た。なんと貧弱な身体だろう。失業後の食生活の乱れで元々貧弱な身体がさらに減量しすぎたボクサーのように痩せ細っている。これを見て、ロザリーはいつもどう思っているのだろうか？　こんな弱々しい野郎に好きにされている間、彼女はどんな心地がしているのだろうか？　俺なら情けなくて、泣いているに違いない。

「なあ」

部屋に戻って、彼は小説を書いているロザリーに聞いてみた。

「俺って細すぎひん？」

「なんで？」

「なんとなく」

「あたしはひょろひょろなのが好きなの」

「うーん、客観的に見るとどうやろ」

「客観的に見ちゃうと細いんじゃない」

「ちょっと鍛えた方がいい？」

「だめ」

「だめなん？」

「だって、ひょろひょろじゃなくなっちゃうし」

確かにひょろひょろじゃなくなっちゃうかもしれないが、ロザリーの好みなど知ったことではない。俺は麻衣子に照準を合わせているのだ。そしてマッチョの宮田を前にしてもおどおどせずにいられるだけの自信も不可欠なのだ。そうだ、見栄えのためだけでなく、精神の鎧としての肉体が必要なのだ。

翌日、彼は近所のスポーツジムを外から覗いてみた。筋肉質な人間が集まり、ルームランナーで汗を流したり、ベンチプレスをしたり、サンドバッグを殴り回したりしている。まるで全くの異文化圏で謎の祝祭が開かれているのを見るようだった。無理だ、と彼は二秒もかからずに悟った。あんな所は俺のいるべき場所ではない。筋肉バカと同じ空気を吸えば、脳が委縮してしまう危険性も否定できない。きっと筋肉を付けた分だけ俺の知性はすり減るだろう。そうだ、なにも自分に不向きな「筋肉」において宮田に優越する必要はないではないか。そもそも大人になった俺たちは殴り合いではなく話し合いで物事に決着を付けるのだから、肉体の効力というものはプロのアスリートでもない限りとてつもなく小さいのだ。肉体が精神の鎧になるなんて馬鹿らしい。それに麻衣子は一度は俺と付き合った女性である。つまり細い男が嫌いというわけではない。たまたま好きになった宮田が、マッチョだっただけだ。細い男でもマッチョな男でも良い、それは麻衣子が肉体に全くこだわっていないことを示している。

したがって、俺が小説で認められ、高い精神性と芸術性を表現すれば、宮田の肉体は元々大きくもなかった意味を完全に失い、宮田の精神が俺を下回ることが明らかになり、最終的に麻衣子が帰ってくることになる。小説の執筆のみが、俺の人生を豊かにするただ一つの道だった。危うく脇道に逸れそうになったぜ、と彼は思った。哀れなる筋肉たちよ、肉体の無力を呪うがいい……。

＊

彼はそれからも、ロザリーと小説を執筆し続けた。ロザリーは陰気臭い話を、これでもかというくらいに量産した。そのスピードだけは彼も認めるところであった。半年間で、何人かの小学生が自殺し、何人かの中学生が自殺し、何人かの高校生は殺人を犯した。

「大人が主人公の小説は、書かへんの？」

と、彼は聞いたことがある。彼女はこう言った。

「大人なんて汚れた生き物を主人公にしたら、あたしには汚れた小説しか書けないよ。あたしは人間の、一切の夾雑物を取り除いたあとに残る本当に純粋な部分を、文字で極限まで表現してみたい。それには、主人公が子供であることは不可欠なのにゃん」

彼は自分が子供の頃どんなことを考えていたか、もうさっぱり思い出せなかった。わかるのは、あの頃の自分が今の自分を見たら、卒倒するだろうということだけだ。何も理想通りにいかなかった。唯一生まれてきて良かったと思える事柄として思い当たるのは、二年間だけでも麻衣子と過ごせたことだ。小学校ではいじめられ、中学受験には失敗し、高校では男子校で味気ない生活を強いられた挙句に浪人し、一浪時のセンター試験前にはインフルエンザにかかり、本来の志望校のワンランク下の大学に入った。大学生活も、麻衣子と過ごした最後の一年を除いて特に楽しかったというようなことはなかった。そして就職した銀行では何の役に立つこともできず、周囲から孤立していった。会社は、無能な人間に対してひどく冷酷である。耐えきれずに、辞めた。そして、それと同時に麻衣子は立ち去った。

もしあのまま銀行に勤めていたら？　と彼は考えることがある。処女作でのアプローチとは違い、最高の仲間に囲まれ、失敗を繰り返しながらも着実に成長していく主人公を描いてみてはどうか。この小説というパラレルワールドにおいて、自分を救い出してやることはできないか。彼は何度かチャレンジした。しかし、一向に筆が進むことはなかった。人は、可能性が全くないことに関して何一つ想像することができない。彼にとって、ドラゴンや魔法使いの登場するファンタジーや、主人公がタイムスリップを繰り返すようなＳＦよりも、「会社で仕事を順調にこなし、周囲に適応している自分」の方が遥かにイメージし難かった。

＊

ロザリーは、今度は胎児を主人公にした小説を書き始めた。どこまでいくんだお前は、と彼は思った。

「そんなので話創れるん？」

「創れる。今までで一番純粋な小説ができるよ。純度百パーセントだよ。胎児が母親の意識を通して、外の世界を見るの」

「ふん」

「それで色んなことを考えて考えて、最後に『生まれたくない』って思うの」

「え？」

「そこに至るまでの過程を丁寧に書くよ」

「丁寧にって……結局その子は生まれるの？」

「死ぬよ」

「死ぬの!?」

「うん。死産するの。母親は大泣きするんだけど、その赤ちゃんの顔はとても安らかなの」

　こいつの作風はもう俺の理解を超えている、と彼は思った。しかし、彼女の軸の決してぶれないことは評価に値する。もう、彼は文体とストーリーラインで彼女の作品を見分けることができる。似たような主題に手を替え品を替え取り組む様は、さながら哲学者だった。一人の人間の言いたいことなんて、たった一つあれば十分なのかもしれない。

　俺は、何が言いたいのだろう？

＊

夏になり、一月に出した文学賞の候補作が発表された。彼はすでに二次選考で落選しており、ロザリーのみが最終選考に残っていた。そして、雑誌が発売される前に、彼女には「最終選考に残りました」という電話がかかってきていた。その日、彼は彼女を部屋から追い出した。「そんな、一緒に喜んでくれると思ってたのに」彼女は悲しむと言うより驚いていた。

一緒に喜べるわけねえだろ、お前は同じ試験を友達と二人で受けて自分だけが落ちても、心から祝えるのか。会社の同期がどんどん周りに認められていく中、自分だけが取り残されても「良かったな、お前ら」と心から言えるのか。祝えるわけがない。言えるわけがない。そんなことは相手が同僚であろうと友達であろうと恋人であろうと、原理的に不可能なことだ。「出て行ってくれ。もう顔も見たくない」

＊

それから一か月ほどが経ち、受賞作が発表された。ロザリーは見事に作家としてデビューを果たした。そこには彼女の言葉が載っていた。

「ずっと、私を支えてくれた人がいたんです。そのおかげで、私は小説を書き続けることができました。この場を借りて、ありがとうと言いたいです」

ふざけるな、と彼は思った。俺が支えた？　何を？　俺はお前のことなんて、全く見ていなかったんだ。それはお前にもわかっていたはずだ。

そして彼はもう、自分が天才でないことを十分に悟っていた。俺には「小説のような形の何か」をでっちあげることしかできていない。ロザリーのように、人に訴えたい何かを、自分の中に持ってなどいなかった。彼は、真の天才の前に敗れ去った。

……でも俺は、こいつと毎晩のようにセックスをしていたんだぜ、と突然彼は思った。そうだ、この文壇に華麗に登場した美人作家を、俺は毎晩ヒイヒイ言わせてやっていたんだぜ。わかるか、お前ら。お前らには手の届かない女を、俺は汚してやっていたんだ。羨ましくてたまらないだろう。どうだ、菊池、お前が銀行で激務に追われている最中にも、俺はこんな美人とやっていたんだぜ。俺の勝ちだろう？　圧勝だろうが。俺はこの天才を惹き付けるだけの何かを持っていたんだ。お前らにはない何かを、確実に有していたんだ。

そして彼は泣きながら、文章を書いて書いて書き続けた。もう、時間がない。俺にはもう、時間がない。俺だって、美人作家が惚れるほどの魅力を持つ男なんだ。その魅力だって文章に投影できれば多少の才覚は感じ取ってもらえるはずだろう。何がその魅力だったのか俺にはわからないが、書いているうち文体に滲み出る可能性もあるだろう。そうだろう菊池。なあ、俺の何が良かったのか、教えてくれよ、ロザリー。俺みたいなやつの、どこが良かったのか。彼はとにかく書いた。「そのようにして彼女は彼女の何枚かのスリップとともに僕の前から永遠に姿を消した。あるものは忘れ去られ、あるものは姿を消し、あるものは死ぬ。そしてそこには悲劇的な要素は殆どない」だめだ、これは村上春樹の作品で見た。「んで生まれてきたら最後、生きてご飯を食べ続けて、お金をかせいで生きていかなあかんことだけでもしんどいことです」違う、これは川上未映子だ。「誰かが死ねば、墓には子供や、父親や、妻たちが訪ねてもくるだろうけれど、僕は涙にも、溜息にも、供養にも縁がなくて、この世界でだれひとり、けっして僕を訪れてくれることがないのさ。まるで、僕なんかもともとこの世界にいなかった、いや、生れ合さなかったみたいにね！」こりゃドストエフスキーだ。「僕は、僕という草は、この世の空気と陽の中に、生きにくいんです。生きて行くのに、どこか一つ欠けているんです。足りないんです。いままで、生きて来たのも、これでも、精一ぱいだったのです」そりゃ太宰だろう！

あれ、と彼は思った。

俺の言葉は？

俺の俺による俺のための言葉が、出てこない。

ああ、もう俺の言葉なんて、この世に必要ないのかもしれない。

おれは、ひつようないのかもしれない。

彼はこれまでに大量生産してきた駄文の山を見た。どうして俺は、作家になれるだなんて思ったんだろう。どうして天才だとか訳のわからない思い込みにすがっていたのだろう……そうだ、俺は体積が欲しかった、ありもしない体積を自分に持たせるために、何かしらの存在価値を捏造せずにおれなかった。そうだった、俺はただ、この世界にスペースが欲しかった。世界のどこかに、存在したかっただけなんだ。

彼は、麻衣子とロザリーにメールを送ってみた。数秒の後、当然のように二通のエラーメッセージが返ってきた。FROM　MAILER－DAEMON。

ふ、と彼は笑った。

部屋中に、プリントアウトされた原稿が散らばっている。

それらは埃にまみれながら、無言で彼を軽蔑している。

パソコンからは、昔ロザリーがダウンロードしたピロウズの曲が流れている。

「キミの夢が叶うのは、誰かのおかげじゃないぜ」

彼は、小さな声で「おめでとう」と呟いた。

その瞬間、彼はしかし、思った。

作家になったから何だ？　夢を叶えたから何だと言うのだ？　俺もお前も、あと数十年を生き、死んでいくだろう。そこに決定的な差異はないのではないか？

「至高の目的の価値が下落する」――彼は呟いた。

「もう、それに取って代わるものは存在しない。全てが下落したのだ」

キッチンにゴキブリが這い回っているのが見える。油でてらてらと光るその黒い体は、彼よりも余程生命力を感じさせる。彼はそれを、思い切り踏みつぶした。死が、零から百に満ちる。腹の中からは、緑色の液体が噴出した。ふふ、と彼は笑った。体は床と元々一体であったかのようにこびり付き、触角はまだ微かに動いている。俺は――と彼は思った。「もはや、このゴキブリのようなものだ」

CASE2・上村麻衣子

「マイコ、彼氏とはうまくいってんの？」

アホは近寄ってくるんじゃねえというオーラを普段から全開にしている私に馴れ馴れしく話しかけてくるのは、私が決して友人とは認めていないどころか知人以下、さらに正確に言えば通りすがりのデブで脂臭いおっさんなんかよりも下だと評価している佐藤静香だった。まったく、なんでテメェにそんなこといちいち言わなきゃなんねえんだよ、さっさと消えろこのクソ売女が。私は心の中で毒づきながら「フッー」と答える。

「なになに、うまくいってないなら次私に紹介してよ。私宮田くんタイプなのよね」

うるせぇこのド腐れビッチが！　私は嫌悪の表情を隠すことなく浮かべたが静香は全く意に介していないようだった。彼女は友人知人が彼氏と別れる瞬間を狙うハイエナ戦法を得意としており、その姿はパチンコ店をうろつくババアと大差ない。寂しくなった男の心を揺さぶりすぐに彼氏に仕立て上げるのだが、どの男とももって三か月といったところだった。その原因は男が愛想を尽かしたり、静香が飽きて次なるステージへ踏み出したりと多岐に渡ったが、結果として三か月以内に別れるという鉄の掟が破られたことは私の見る限りない。

「だからフッーって言ってるでしょ」

「何よ、うまくいってるならうまくいってるって言うでしょ。フッーってことはさほどうまくいってないんじゃないの？　図星？」

　嬉々として迫ってくるアホを私は無視して駅へと向かった。なぜこんな下等生物に付きまとわれているのかと言うと、同じ会社の総合職と一般職の同期で、帰る方向も一緒だからだ。当然総合職としてバリバリ働いている私は定時で帰ることなどなく残業に明け暮れているのだが、このアホの一般職も生意気なことに仕事に追われ残業することがある。テメェ業務量私の半分以下だろうが。仕事が遅いだけに違いない静香が、毎月そこそこの残業代をせしめていることに私は納得がいかない。

　電車の中で静香のくだらない恋愛トークをはいはい聞き流し、やっと部屋に帰るとそこには彼氏の宮田章吾が待っている。章吾は市役所で公務員をやっており、意外にもかなりの残業をしているがそれでも私より大抵先に帰っている。彼とは最近同棲を始めたのだ。

「お帰り」

「ごはんは？」

「出来てるよ」

　章吾はいつも晩御飯を作って待っていてくれる。私が作った方が確実に美味しいのだがそんな体力は仕事終わりの私に残されていないし、ここはこの筋肉バカの無尽蔵の体力に頼ろうというわけだ。章吾はアホのように肉体を鍛え上げるのが好きだ。土日は必ずジムへ行って二時間ほど運動をするし、夜はもう我慢できないといった様子で外へ飛び出しジョギングをしてきたりする。私も体重が気になってくるとそれに付き合うことがあるが、章吾は私にペースを合わせようとはしない。二人で少し話でもしながら、といったような仲睦まじい老夫婦を思わせる雰囲気には絶対にならず、一緒にいるのはスタート時だけ、その後は孤独な戦いが始まるのだ。「待ってよ！」と言ったことが一度だけあるが、「だめだ、それぞれに合ったペースじゃないと効果がないんだよ」と言い放たれ深い傷を負ってしまった私はもう何も言わない。

そして、この筋肉バカはその体躯とは裏腹に小さなことをうじうじと気にするタイプだった。彼が市役所の窓口で市民に罵倒されたりした日には部屋がどんよりとした空気になる。マッチョがへこんでいる姿というのは見ていて気分の良いものではない。彼はそのやせっぽちな精神力を、強靭な肉体でカバーしようとしているのかもしれない。そして章吾は無類の読書好きだった。よく何じゃこりゃというような暗い話を読んでため息混じりに「うわあ……」とか言っていた。それの何が楽しいのか私にはわからない。本が部屋に溢れかえって邪魔なのでまとめてブックオフに売りに行こうと提案したことがあったが、彼は要らない本は一冊もないと言い張った。

「最近アツいのは、群青新人文学賞を獲った沢村亜純だね」

なんのこっちゃと思っていた私に彼は沢村亜純のハードカバー本を無理やり渡してきたので、私はそれを仕方なく読むはめになった。その内容はわけのわからない小学生が世の中に絶望しまくるという絶望的につまらないもので、読み終わった時には嫌な疲労感というより徒労感に襲われた。そう言えば前の彼氏、吉川雅樹も私に小説を見せてきたことがあったが、銀行の仕事がうまくいかず逃げるように退職していた彼の書いたそれは負のオーラを放ちまくりアンド自分を正当化しまくりの、現実と勇ましく戦い続けている私には耐えきれない駄作だった。元々「なんなんだこの情けない男は！」と怒りを溜めこんでいたところに「俺は小説が書ける」などと言い放ち拙い文章を見せてきた彼を、私はその瞬間に見切ったのだった。あれで見切りをつけない女は絶対にいない。まだそのくだらない小説をちょっとでも読んでやっただけ、私は良心的な方なのだ。

雅樹に比べて、章吾にはまだ今の自分をなんとかしようという上昇志向が感じられる。英語やパソコンを勉強したり肉体改造に励んだりしているのも、近くで見ている私からすればたまにうっとうしいのだが、何もしようとせずにウダウダ時間を潰しているアホよりは数段良い。彼の努力家な面が私は好きだ。

その反面、彼があまり言葉を発しないことに私はイラついている。私が「ねえ見て見てすごいほら。超綺麗だねあのイルミネーション電気もったいないねＬＥＤとか言って節電とか言ってるけど何もしないのが一番の節電なのにね」「ＴＯＥＩＣ九百点越えたって何凄くないそれ？　あんた一体何人なのちょっと引くんですけどそう言えばあんたなんとなくギリシャ人っぽい顔立ちだもんねって英語関係なかったっけ」「一か月前さー職場の女の子が鬱になって休職しちゃったんだけど昨日の帰り街で男とはしゃいで歩いてるとこ見たんだよねまあ仕方ないかもしれないけどその分仕事増えてるこっちとしては殴りたいって言うか局地的にでもそういうのを殴っても良いという条例を制定してほしいよね」「あの、章吾の友達の野上君っているじゃんあの人何かおかしくない？　なんかやることなすこと意味わかんないししゃべるとモゴモゴ何言ってるかわかんないしまだ人間になり切れてないっていうか、ヒトの形をした何かで留まってる感じがしない？」などと気を遣って話しかけてあげても「うん」とか「はあ」とか大抵二文字で返してきてそこから話を広げようともしないのだ。つまらなくてもいいから何かコミュニケーションを取ろうという意志の感じられる言葉を返してほしい私としては、それを放棄してしまう章吾が本当に私を愛しているのかどうか判断がつかない。本当に好きならもっと話してお互いのことをよく知ろうとするものだと思うのに、章吾は私のことなんかガン無視したりする。特に本を読んでる時なんかは最悪で、私がちょっとムラムラしてきて

「ねぇん」とか「にょおん」とか言いながら章吾に寄りかかっても彼は「うん」とか「ぬん」とか大抵二文字の言葉を返してきて全く性的反応を見せない。私は傷ついてちょっと泣きたくなったりするし実際「何よぉ！　本なんかいつでも読めるじゃないよぉ！」と叫んだこともあったが、彼は「これは今日読むんだ。今日じゃないとだめなんだ」と真顔で言ってくれた。お前とのセックスはいつでもできるけどな、というニュアンスが含まれているその言葉に私は白目をむいて気絶した。大切なはずの恋人に全く合わせようとしてくれない彼の態度に私は腹が立って仕方ないが、彼は集団でいる時には誰よりも気を遣い誰よりもよくしゃべった。彼は色んな本を読んでいるだけあってどんな話題にもついていけるだけの知識を持ち合わせているので、本気を出せばどんな人ともコミュニケーションを取れたし、英語がしゃべれるので旅先で出会った非ケベックのカナダ人とだって仲良くなったりした。そんな章吾を見て友達は「いいよね、マイコの彼氏って」と決まったように言うのだが、二人きりになると章吾は全く別人のようになる。多分、それが私に心を許してくれている証拠なのだということは、ちゃんとわかっている。章吾が気を遣わずにリラックスできる相手が私だけなのだろうということも、私にはわかっているのだ。

でも。

それでも私は、もっと話してほしい。もっと言葉にして思いを伝えてほしい。そうじゃないと章吾が何を考えてるのか全然わからないし、それは私にとってとてもとても寂しいことなのだ。

「とてもとても寂しいことなのよ」

ある日私は言った。

「は？」

「章吾が何も話してくれないのが寂しいの。一番色んな話をしたい相手なのに、一番何も話してくれないのが寂しいの」

「……」

「なんでそうやってすぐ黙るの？　私ともっと話したくないの？　私のこと好きじゃないの？」

「好きだよ」

「どんなところがどんな風に好きなの？」

「あの、もう全部好きだよ」

「全部じゃわかんない。ちゃんと説明して」

うぜー私。うざいことはわかっているが、この男に言葉を紡がせるためには多少うざくならざるを得ない。こんなうざい役どころを強いてくる章吾に私はやはりイラつく。

「その可愛い顔もばっちりなスタイルもちょっと気の強いところも全部好きだよ」

「他には？」

「えぇと……」

「ないのかよ！」

「あぁーと、たまにした料理がうまいところも好き」

「それだけ？」

「うぅーん」

本気で私の言葉に悩んでくれている章吾を見て私は少し気をよくした。

「まあいいでしょう。今度聞いた時は千個ぐらい答えられるようにしておくこと」

「わかったよ」

章吾は私に笑いながら言った。彼の笑顔はとても素朴な感じがして好きだ。そしてこの笑顔は私と二人きりでいるときにしか見せないことも、私は知っている。

あれ？　でも私の知らない女と二人きりでいるときにもしかしたらもっと素敵な笑顔を見せてる可能性がなくはなくない？　なくはないよ。私の監視下においてはそれを他の女に見せないというだけでホントはもう私に対する笑顔なんてもしかしたら章吾の愛想笑いぐらいのレベルだという可能性もなくはなかったりしなくもないのだ。そういえば前、有休取ったときに市役所の中をのぞいたら、章吾の周りは半分ぐらい若い女性だった。大概は私服なのか仕事用の服なのか判断のつきかねるもっさい布きれを身にまとっていた上それに呼応するかのようなもっさい顔をしていて私の敵ではなかったのだが、私の戦闘力を測定する機器的なものを見事にかち割ったやつが一人だけいた。窓口対応者としてあるまじき超エロいミニスカートを穿きこなし、男性市民の視線をくぎ付けにしていた彼女はどうやら「ミサちゃん」と呼ばれているらしく章吾の隣の席でてきぱきと仕事をこなし、ナチュラルボーンでない筋肉バカ特有の動きののろさから仕事も遅いことが読みとれる章吾の頭を派手にしばいて笑っていた。そして章吾も笑い返していた。

そうだよ笑い返していたよ！

遠くから見守っていた私にその笑顔の質はわからなかったが、二人の仲の良い雰囲気だけはわかった。その時私は特に何の感慨もなく「ああ、うまくやってるじゃん」とかお母さん的な目線でその光景を眺めたものだったが、今思い返してみるとそれはもう夫婦生活の危機と呼んでもおかしくないほどの地獄絵図だったのでは！

「あんたさ」

「なに？」

「あのミサちゃんって子どうなの？」

「どうって、いい子だよ」

「かわいくない？」

「かわいいね」

　私はその時、もうだめだもうミサちゃんに勝てないこの筋肉バカにすんなりと「かわいい」なんて言わせてしまう芸能人ばりのファッションセンスとスタイルと美貌を持つミサちゃんなんて子には絶対に勝てないし平日の九時から五時まで休み時間を考慮しても最低七時間もの間を確実に隣で過ごしている二人には心理学上の単純接触効果から考えてもかなり高次元の好意が芽生えていることが間違いなくって私なんかは絶対に勝てない！　と思いながら章吾に抱きついてキスをした。

「でもミサちゃんとはこんなことできないでしょ！」

「なんで怒ってんだよ」

「かわいいなんて言うから。ひどい」

「麻衣子がかわいいって言ったから合わせてそうだねって言っただけじゃん」

「そうだねなんて言ってないかわいいってちゃんと言った！　私には言わないのに！」

「なんなんだよ」

「ひどい。ひどすぎる！」

「麻衣子の方がかわいいよ」

それは取って付けたような調子のしょうもない言葉だったけれど私の中でその音が文字に変換されて脳に焼き付けられた。マイコノホウガカワイイヨ。マイコのホウがカワイイよ。まいこのほうがかわいいよ。麻衣子のほうがかわいいよ。

あれ、そう言えばよく思い出してみると私の方がかわいかったかもしんない。私遠くからしか見てないし、近くで見たら肌とか意外と汚かったりするかもしれないし私のすべすべの白い肌に勝てる女性がそう都合よく章吾の横にいるとは思えない。あの時ぶっ壊れた私の測定器が逆再生でかしゃかしゃと音を立てて元に戻り、もう一度戦闘力をはじき出した。５だ。私は53万だ！

「私の方がかわいいのになんでミサちゃんに先にかわいいって言ったのさ！」

「麻衣子にはもう二年以上前から言ってるだろ。麻衣子の方が先だよ」

「それもそうだね」

「てか、ほんとに麻衣子の方がかわいいんだよ」

「なになに？　なんで？」

「俺ちょっと細すぎる子はだめっていうかぶっ」

私は章吾のアゴを強く掴んで黙らせた。

「誰がクソデブだって？」

「ク、クソデブなんて言ってないだろ」

「同義だろうが！」

「ちがいます、ぜんぜん」

「ごめんね、こんなクソデブスと毎日一緒にいさせちゃって……私だってなりたくてこんな身体になったんじゃないの。いつの間にか、テメーの作る飯の量が筋肉ダルマ用なせいでこうなっちゃったのよ……」

「わ、悪かったよ……」

「おい！」

「なんなんだよ」

「テメーが謝ったら私がほんとにクソデブスみたいじゃねえかよ！」

「だから違うんだよ全然。いい身体だと思うし。グラビアモデルみたいな」

「ほんとに？」

「ほんと」

「私グラビア飾れる？」

「飾れる飾れる」

「ヤンマガ？」

「ヤンマガヤンマガ」

やっと満足した私は章吾をベッドに誘い込み、ビッシャビシャに濡れたのだった。全く仕事中はあんなに格好良い私なのに、この男といるとどんどん脳細胞が死んでいくような気がする。そしてそれはとても心地よい大量殺戮なのだ。

＊

「マイコ、彼氏とはうまくいってんの？」

アホは近寄ってくるんじゃねえというオーラを普段から全開にしているアホな私に馴れ馴れしく話しかけてくるのは、私の高校時代からの親友・中川久二佳だ。彼女は親友なのだが若干頭が弱く、大学の二回生の時から「これからは女も自立すべき」とかありきたりなことを言い出し公認会計士を目指して予備校に通っていたのだが結局合格することのないまま就職活動もせずに卒業し、当然一通りの講義を受け終わっている彼女はいま予備校の開放自習室に忍び込むゾンビと化している。職歴なき既卒の彼女にはもうまともな就職は望めず、もはや就職に繋がる難関資格試験を追いかけるしかない状態だ。中途半端に頭がいいやつはこのデス・スパイラルにはまり人生を終えてゆく。国家一種・公認会計士・ロースクール。これらは半端者の首を容赦なく切り捨て、もう息もしていないそれをボールにして残虐サッカーを楽しむのだ。財務省がロングパスを放りこみ、それを受けた監査法人がドリブルで三人突破してセンタリングを上げ、フォワードの司法試験がゴールを奪う。私はその熱心な観客である。

「まああうまくいってるよ。あんた彼氏は?」

「まだいないよ。もう四年ぐらい」

「そろそろ作りなよ」

「そろそろなんつって作れるなら作ってるよ。私みたいに青い顔で何年も資格試験にチャレンジしてるようなアホは、誰も相手にしてくれないんだよ」

「そう? あんたモテるじゃん」

「どこが? 誰に?」

「あのー、前合コンで一緒になったあれ、ジュンヤ君とか」

「あんなのカウントしないでしょフツー! あのねえ、あんな日本最下層の男がいくら寄ってこようが、モテてるとは言わないのよ。最低でも、自分がこの人なら付き合ってみてもいいかも、と思えるレベルの男が寄ってきて初めてカウントワンでしょうが」

「上からだねぇ」

「だってそうじゃん。誰でもいいなら私だって、彼氏ぐらいできないわけじゃないよ」

「誰も相手してくれないって言うから反例を挙げたんじゃん」

「あれは人間に入らないからだめ」

「あんた理想とプライドが高すぎるから男が寄りつかないんじゃないの？」

「理想とプライドを捨てた人間に何が残るのよ？」

「……愛？」

私はふざけて言ってみたが、久二佳は少し本気でへこんだように見えた。

「そうね、私はつまんないものにこだわって、本当に大切な、真実の愛を見失ったまま死んでいくのかもしれないね……」

「え？　うそうそ！　冗談だって」

「いや、マイコの言う通りよ。私には愛がないの。人を愛することができない人間は、人から愛されない。それは当然のことなのよ。私六十歳ぐらいで孤独死するんだわ。監査論の参考書を開いたまま、自習室でガクッて崩れ落ちて死ぬのよ」

「あはははは！」

「笑い事じゃないんだって！」

久二佳はすぐに自虐モードに入る。私は彼女の自虐を聞いてよく笑った。その内容は彼女にとって半分以上本気なのかもしれないが、「そんなことないって。あんたは大丈夫だよ」と根拠のない空々しい励ましを贈るよりは、私が心の底から笑い飛ばす方が彼女もまた救われるような気がする。

「もう今度だめだったら私死ぬから」

久二佳は直近の彼氏と別れて以来、四年連続で試験前にこのセリフを吐いている。「まあまあ、そう言わずに」と、私はそれを四年連続で華麗に受け流している。ある程度高いレベルの人生を選択できたはずだが突き抜けた才能の無い中途半端に優秀な久二佳は、なぜか考え得る限り最低の選択肢を選び続け、もはや私にはアホにしか見えない。しかし彼女は私の愛せるタイプのアホであり、佐藤静香のような地球上から駆除されるべきアホとは違う。

＊

同じく中途半端に優秀な私の人生は、私自身の正しい選択のために高水準を保ち続けている。爆発的に素晴らしいわけではないが、私は大企業の総合職として問題なく機能し、かっこよくて優しい公務員の彼氏と同棲している。これ以上何を望めというのか？

勝った――私はよくそう思う。

「ねえ私たちってつくづく勝ち組だよね」

「勝ち組？」

「勝ち組」

「まあ負けてはないんじゃない」

「いや、圧勝だね」

「ふん」

章吾はまた二文字の言葉を発し、沢村亜純のデビュー二作目を読んでいる。

「ねえそれ面白いの？　またどうせ前のやつみたいな暗い感じでしょ」

「うん」

「もっと楽しいやつ読みなよ。心が曇るよ」

「それがいいんだよ」

「ちょっと見せなさいよ」

「うん」

私はその本を奪うようにしてぱらぱらと読んだ。母親の胎内にいる赤ちゃんが主人公で、また前作の主人公と同じように世を儚んで生まれる前から自殺しそうになっていた。こんな人の気持ちを落ち込ませるようなものを見て何が楽しいのだろう？　いや、そもそも文字の羅列など見て何が楽しいというのだ！

「ねえねえこんなのただの文字じゃん」

「ん？」

「こんなの紙についてる染みじゃん。私と生きた言葉を交わした方が、自分の精神にとって有意義だと思わない？」

「種類が違う。両方必要なんだよ」

「ふうん」

「そうだ、最近文芸界新人賞とった志賀谷庸太って人もそこそこ面白いよ」

「ふうん」

「沢村亜純よりは読みやすいしどう？」

彼が本棚から取り出したハードカバー本のタイトルは『或る阿呆の半生』だった。

＊

私は結局それをほとんど徹夜して読むはめになった。面白かったからではない。間違いなく、吉川雅樹が私を題材にして書いた作品だったからだ。著者の経歴は完全に彼と一致し、二人で辿ったデートコースや私の言ったセリフなどがそのまま作品内に登場していた。行動はかなり正確に再現されているが私に対する心理分析はことごとく外れており、ここまで理解されていなかったのかと私を落胆させると同時に、活字にされてしまうことで彼の分析が正しさらしきものを帯びているのが我慢ならなかった。全然違うんだよ、こいつアホなんですよ、全然人間のことがわかってないまだ類人猿クラスの生き物なんですよと選考委員に言ってやりたいほどに外していた。彼は私が何気なくとった行動に勝手に意味を見出して盛り上がっており、私的に重要な意味を持っていた行動に関してはスルーを繰り返していた。最悪。そしてまだ彼が自分のことを忘れられずにいるのだということがわかり、居ても立ってもいられないほどの悪寒が私を襲った。章吾には何も言わなかった。

それ以来、私は夜眠れなくなった。二時になっても三時になっても眠くならず、結局無理やりベッドで目を瞑るのだがあまり寝た心地のしないまま朝を迎える。当然仕事の能率は落ち、ミスは増えた。あの野郎……あの執筆クソバカ野郎！　最初にヘタクソな作文を見せられた時には何かの賞を獲るなんて思っていなかったし、今このなんとか賞受賞作を読んでもヘタクソな作文にしか見えない。自分がモデルにされているからではなく、客観的に見て評価することはできない。文章も内容もひたすら気持ち悪いのだ。こんな気持ち悪いものを世に出してあいつはどうするつもりなんだろう。これで夢が叶ったとでも思っているのだろうか。

＊

「そういえば、志賀谷庸太どうだった？」

私が不眠に陥って一週間ほど経った頃、章吾が聞いてきた。

「全然面白くなかった」

「そうなの？　一気読みしてなかった？」

「いや、あまりにも面白くなさすぎて逆に読んじゃったんだよ」

「ふうん、そんなもんかな」

「そんなもんだよ。章吾はあれどう思うの？」

「俺は好きだよ」

「どのへんが？」

「なんかうじうじしてる感が俺に似てるんだよ」

「似てねぇよ！」

「そう？」

「ぜんっぜん違う！　断然あんたの方が素敵だよ！」

「え？　あ、ありがと」

「全く似てないんだから！」

　章吾はなんだか不思議そうにしていた。少し怒りすぎたかもしれない。私もこんな駄作にムキになることなんてないのだ。あんなネクラのアホの作品は一瞬で埋もれていくはず。芥川賞とか直木賞だって今まで誰が獲ったのか私はほとんど知らないし、もう数百だか数千の人々が何らかの文学賞らしきものを獲得した上で消え去っているはずなのだ。あの雅樹が消えない側の人間であるはずがない！　あんなカスが残っていくはずがない！

　そんな私の思いとは裏腹に、私の睡眠状況は悪くなる一方だった。もう、あんなものが本屋に並んでいる……何千人かがそれを読んでいる……章吾までもがそれを読んでそこそこ面白いと言っている……あんな誤りだらけの小説を！

「うっ……うぅ……」

私はベッドで泣いていた。横では章吾が安らかな寝息を立てている。何のんきに寝てんだよ私が日本中に誤解されてんだよアホかてめえ！　自分の彼女がこんな目に遭わされてんだよ裁判でも起こして出版差し止めろこのアホ！　こんなの、ある意味レイプよりもひどい。レイプでもされたらえーんえーんって章吾に抱きついて慰めてもらいながら精神科でも通ってカウンセリングを受けてみんなに優しくしてもらうのだが、もうこれに関しては捌け口がなく私が一人で抱え込むしか解決策がないのだ。え？　いや、言い過ぎ？　レイプの方がひどいな、ごめんなさい。でもこのどうしようもない感をどうやって解消しろと言うのさ。誰かに相談なんかした時点で、少なくともその人にこのモデルが私だというのがばれてしまうわけだし。本人を思うさま罵倒してやりたいけれど奴のアドレスも電話番号も消してるし共通の知人に聞けば色々と詮索されることは間違いない。あの野郎……これは復讐か？　私が最終的に雅樹を見捨てたことに対する最大限の復讐なのか？　私の視界にはどこからともなく雅樹の醜い笑顔が浮かび上がり、その像は脳裏にぺったりと張り付いて離れなくなった。

そしてもう、睡眠時間はほとんどゼロに近くなった。

＊

「眠れないんです」

私は仕事のない土曜日、近くの病院の内科へ行って相談した。精神科なんか絶対に行ってやらない。そんなところはこの私が行くべき所ではないのだ。この中途半端に優秀な私が高いレベルで推移させてきた人生に、つまらぬ汚点を残すわけにいかないのだ。

「うーん、何か気になることがあるのかな？」

「いえ、そういうわけではないんですが……」

「何かきっかけはなかった？　自分でもわからない？」

「わからない、です」

私は嘘をついた。このおっさんに事の顛末を話してしまえばほほうとか思われて該当する本を見つけられて、俺の患者がさあププークスクスと家庭内で物笑いの種にされかねない。もうあの本を手に取る者を、一人でも少なくしたいのだ。

「ううん、お酒を飲めば寝られる人もいるけどね」

「私お酒飲まないんですよ」

「ふうむ」

かなり渋っている。さっさと睡眠薬を出せ！　私がオーバードーズして自殺を図るようなアホに見える？　そうじゃないことぐらいわかるでしょ。寝られないんだよ単純に。

社会人はしっかり寝ないとまずいんだよ。わかるでしょそんくらい、この最高ランク社会人診察クソバカ野郎！

「うーん、何か眠れない原因があると思うんだけど」

あるよ！　あるけどお前には言わねぇよ！　もうお願い。睡眠薬ください。お願いします寝かせてください先生。ほんと勘弁してください。

「睡眠導入剤を、一か月分出しておきます。一日一錠、寝る直前に飲んで下さい」

ほっ。私は目的を達成し満足して待合室に戻り、置いてあった『シティハンター』をぱらぱら読んだ。名前を呼ばれ渡された薬は「エンジェルダスト」、ではなく、「マイスリー」という錠剤だった。

＊

私はその夜、マイスリーの十ミリグラム錠を寝る前に飲んでみた。するとそれまでの不眠が嘘のようにずしりと眠たくなり、私はふらつきながらベッドに倒れ込み気を失った。即効性ありすぎでしょ、これ……さらに朝の目覚めもバッチリだった。これでこそ私だ。あのくだらない小説を読まされる以前の私に、私は戻ることができたのだ。

そうして睡眠リズムを戻し、しばらく私は元に戻ったような気がしていた。しかしある時から、夢を見るようになった。当然雅樹の夢だ。ある夢の中で彼は、遠くから私をせせら笑っていた。「てめえ、ざけんなよ！」私が叫んでも彼はニヤついているだけだ。しばらく私がその場に立ったまま彼を睨んでいると、ニヤニヤとしながら彼が歩いてきた。私は一発思い切り殴ってやろうと、右の拳を握りしめて彼を待った。しかし彼のいやらしい笑顔は途中で憤怒の表情に急変し、突如私の方にありえないスピードで走ってきたのだ。「え？　ど、どわあああ!!」私は恐怖のあまり全力で逃げ出した。すると冷たい風の吹く謎の場所に辿り着いたところで突然足場を失い、私は落下した。どこからどこへ落ちているのか、真っ暗で何もわからない。永遠に落下している途中で、滝のような汗をかいて目を覚ました。

そんな調子で夢を見続けた私はもう眠れないのもイヤだし寝て夢を見るのもイヤだしという超最低の状態となり、唯一の解決策を思いついた。

雅樹に会いに行くしかない。

あのアホの幻影を私が勝手に作り上げて苦しんでいるだけで、実物を見ればそんなに大したやつじゃないことがちゃんと再認識されて、なんだこんなショボイやつが妄想で書いただけの話じゃん私は関係ないって言い張れば済むし何の問題もないじゃんははアホらし一生書いてろバーカ！　と言ってやることになる。そうすれば今のもやもやは全部すっきり晴れて、マイスリーなんていう睡眠薬もいらなくなるはず。私は、彼の部屋を知っている。まだ変わっていないとすれば、だけれど。

＊

睡眠薬をもらって二か月目の最初の土曜日、私はついに計画を実行に移した。雅樹の、オートロックのマンションの前に張り込んだのだ。いない可能性だってあるが、それはそれで仕方がない。私は私の気の済むようにやる。雅樹はクズニートらしく夜型の生活をしていたし今でもそれは変わらないだろう。彼には朝遅くに起きてからコンビニへ行き、雑誌を立ち読みする習性がある。午前十時から私は入り口で待った。何人かの若い男が遊びに出かけ、何人かのおばはんが買い物に出かけ、何組かのカップルがデートに出かけた。私のことをちらりと見て、みんな去っていく。怪しい女だと思われているんだろう。それも今しばらくの辛抱。雅樹をつかまえて殴ってやれば終わる。

そのまま四時間が経ち、五時間が経った。限界に達した私はショボリしたまま退散することになった。なんだよあの引きこもり。出てこいよ。外の光浴びろよ気持ち悪い。……いや、もうお金もあるんだろうしこんな所には住んでいないのかもしれない。土曜日の貴重な時間を無駄なことに使ってしまった私は部屋に帰ってベッドに身体をうずめた。章吾は文芸誌を読んでいた。

「なにそれ」

「群青」

「ふうん」

「志賀谷庸太の二作目が載ってるんだよ」

「へ、へえ〜」

「興味ない？」

「全くない」

私は嘘をつき、雅樹が外へ出かけた隙にその雑誌を素早く手に取った。志賀谷庸太・文芸界新人賞受賞後第一作『シティ・オブ・ザ・ワーキング・デッド』。受賞作である青春恋愛小説とは全く違う。銀行が舞台で、日々の仕事に追い詰められていく人々の心理がそれなりに綿密に描かれている。

これこそ、私が初めに読んだ『銀行員死の彷徨』だった。大幅に直され別の作品のようになってはいるが、彼の人生初の小説が元になっていることは間違いなかった。私は少しだけ「これ世界で最初に読んだの私なんだ」という感動に襲われてしまったが、やはりその内容に関して初めて読んだ時と同じように嫌悪感を覚え、最後まで読み通すことはできなかった。あいつはこれでやっていくつもりなのだろうか。やっていけるのだろうか、このレベルで。見る人が見れば凄いのだろうか？　私にはさっぱりわからない。

＊

私が二週間に一回ほど雅樹のマンションの前に張り込むようになり、三か月が経とうとしていた。こうも出会えないものなのだろうか。やっぱりもう、ここには住んでいないのだろうか。私は自分のしていることが無駄かもしれないという思いで崩れ落ちそうだったが、私を元に戻すためには、どうしても彼に会うことが必要だと思った。六回目の張り込みの日も、結局誰だかわからないやつらが出入りするのを眺めながら二時間が経った。ｉＰｏｄから流れるこれまでに何ループもさせてきた音楽たちにさすがに飽きてきて、耳いてーなとか思ってイヤホンを外していると一人のやせ細った男が目の前を通り過ぎた。高そうな小洒落た服を着ているようだが、そのどうにも貧弱な身体が彼の人間としての小ささをそのまま象徴している。

「おい！」

私が彼の袖を引っ張ると、彼は驚いた顔で振り返った。私といる時にはほとんどかけていなかったメガネをかけ、私といる時には必ず剃っていたはずの髭をぼうぼうに生やし、私といた時よりもおどおどとした目をしていた。私は出会い頭に殴りつける予定を忘れ「あ……」と言った。「あ……」と言わざるを得ないほど、彼は弱々しかった。

「……麻衣子？」

「え……と」

「久しぶりやね」

意外にも平然としている雅樹に私は少し不満を抱いた。もっとびびれよ！　てかこいつ放っといても死にそうじゃん。これなら私が傷害罪を犯すまでもないじゃん。

「相変わらずショボイね。前よりショボくなったんじゃない？」

「そうかもしれん」

彼はそう言って優しく笑った。なんだか私のイメージと違う。もっと、俺はお前のことネタにしてやったぜー文学賞とったぜーって感じで調子に乗ってるものだと思ってたのに、これは前より、断然ヘボい。

「あんたの小説、読んだよ」

「あ、そう。ありがと」

「私のこと書くのやめてくんない？」

「ごめん」

「……」

なんだかどう怒れば良いのかわからない。こんなやつが何を書こうが大したことはない——私は安らかな気持ちになった。私の中で、私の勝ちが確定した。

「まあ、あの、私がモデルでしょ、あのヒロイン」

「うん」

「主人公であるあんたは私を完全に誤解してるよね」

「完全に？」

「そうだよ。全部外れてるのよ、分析が。あんな間違いだらけのものを出されて、私は我慢がならないのよ」

「間違いじゃない」

彼は小さな声で、しかしはっきりと言った。

「あれは俺から見た麻衣子のそのままの姿と、俺が想像した麻衣子の気持ちを書いたもんや。それは俺にとってホンマのことやねん。麻衣子の実際の気持ちなんて俺にはわからん。いや、誰にもわからん。それは想像するしかないもんなんや」

「その想像が外れてるって言ってるのよ」

「当たってるか外れてるかは問題じゃない」

「は？」

「俺がそういう風に見て、そう思ったという事実は揺らがへん。人が人の感情を想像しても、何かしら外れるに決まってる。俺が麻衣子を誤解してたみたいに、麻衣子も俺を誤解してたに決まってる。ホンマのことなんて、人によって違うんや」

「はあ？」

「だから……人の気持ちなんてわかるわけがない、自分の気持ちでさえ正確に掴めないのに、他人のことがわかるわけがない、ということ。もう誰を理解しようとか、誰かに理解されようとか、そういうのは諦めたんよ俺は。ただ事実と、誤解だけがある。俺はそれをそのまま文章にする」

「なんだよそれ。わけわかんねーよ」

「モデルにしたのは悪かったわ。でもあれは俺から見た麻衣子であって、麻衣子そのものじゃないことは俺が一番わかってるから。大体、俺の作品なんて読んでるやつあんまりおらんやろ？　全然売れてへんし」

私の彼氏が読んでるんだよ！　とは、言わなかった。私は黙って話を聞いた。

「だから、もう放っといてくれ。二度と麻衣子をモデルにはせえへんから」

彼はもう疲れ切ってますので頼むから静かにして下さいという様子だった。何も信じるものがなくなった人間というのは、こうも衰弱するものなのか。ぶっちゃけ、もう少し調子に乗ってほしいぐらいなんだけど。

「なんだよ、なんちゃら賞獲ったんだからもうちょっと誇りを持てよ」

「誇り？」

彼は笑った。

「そんなもんが何の役に立つんや。もう俺行くから」

私が言葉をかける前に、彼はとぼとぼと歩きだした。どこに向かうのかは知らない。とにかく今日わかったのは、もう雅樹はだめだということだ。私と別れた当時が最もだめな時期だったはずなのに、今あの時言っていた通りに成果をあげた雅樹は何故かさらにだめになっている。夢を叶えたんじゃないのかよ、気色悪い。何自分が一番不幸みたいな顔してんだよ。アホか。そんな風にならないために、みんな必死で楽しみを見つけて生きてるんだろうが。

許せない。

人生と向き合うことから逃げている人間は許せない。

結局銀行員だろうがフリーターだろうが作家だろうが、雅樹は雅樹であるということだ。あのアホの心をなんとか揺り動かしてやりたい。変なニヒリズムに甘えているアホを現実に引きずり出してやりたい。私は走った。走って雅樹に追いついて前に回り込んでバックハンドブローを繰り出した。雅樹は右腕でそれをブロックした。

「何」

「アンディ・フグ」

「どっちかと言えばかかと落としやろ」

「パンツ見えちゃうでしょ」

「で、何なん」

「あんた、なんでそんなになっちゃったの？」

「……」

「まだ、私に小説見せてきた時は元気だったじゃない」

「あの時は自分が天才やと思ってたんや」

「今は思わないの？」

「麻衣子、俺の本読んだんやろ？　天才やと思ったか？」

「全然」

「そうやろ？　俺なんか特別でもなんでもない、ただたまたま賞を獲っただけの凡人やねん。そういうことって、がむしゃらにやってる時には見えてこんのや」

「まだ新人なんだからこれからじゃん！　これから頑張って、天才的な作品を書けばいいじゃん！」

「いい作品が書けるかどうかは努力の量では決まらん。生まれた瞬間に決まってる種類のことや」

「そんなこと言ったらミもフタもないでしょ」

「ない」雅樹は言った。「この世界にはミもフタもない」

だめだこいつと話していると生気が吸い取られる。こいつは生気を吸い取るだけ吸い取ってそれを自分のものにすることもなくただ空気中に放出する。もったいない、返せ私の生気。

「あんたじゃあ何のために生きてるのさ」

「わからん。俺にはもう書くことしかない」

「それで幸せなの？」

「全然」

「例えばあのまま銀行に勤めて、あのまま私といたら、どうなってたと思う？」

「……今よりは幸せやったかもしれへんな」

「彼女でも探せよ」

「俺を引き受けてくれる人なんてもうおらへんわ」

「あっそ」

私は匙を投げた。お前はさっさと一人で死んでいけ。もうこいつの相手をしている時間がもったいない。こいつといるともったいないことばかりだ。二年間も私はこんな男と恋愛関係にあったのだ。それも今思えば、全部無駄だったような気がする。二年間を振り返って懐かしんだりこいつを恋しく思ったりこいつとのセックスを思い出したりこいつに言われた言葉がふと頭に浮かんだり、そういう類いのことは一切なかった。こいつに告白されて付き合い、ただいたずらに時間だけが流れ、別れた。その間、私はこいつを好きだと思ったことがあったのかどうかすらわからない。

「ちょっと待って」

帰ろうとする私を呼び止めて雅樹は言った。

「……あの頃、俺は麻衣子が大好きやった。それだけはホンマやったんや」

私はその言葉に心打たれることは全くなく、「うるせーなキモイんだよ」と言って彼に背を向けた。くだらないくだらないくだらない……私はこの男の絶望的なくだらなさに絶望しこいつを全くいなかったことにしようと決意した。そして吉川雅樹は私の中から完全に消滅した。その後私がマイスリーを飲むことはなかった。

一年後、章吾が「志賀谷庸太の新作また出たよ。『仕舞』ってやつ」と私にわざわざ知らせてくれた。私はそれを読むことすらしなかった。その頃私の気持ちはとても穏やかで、章吾といつ結婚しようかなあなんてことを考えていたのだ。

CASE3・『仕舞』

　意志のない陽の光が薄い緑色をしたカーテンの間から静かに差し込む。ベッドから身体を起こすと光の道にはおびただしい埃が姿をあらわし爽やかな朝は一瞬にして台無しになる。僕は少し咳をしながら洗面所へ向かい顔を洗う。白い洗面台には薄くしかしべったりと黄色い汚れが張り付いている。丁寧に歯を磨いて部屋に戻ると、もう僕にはやることがない。

　趣味と呼べるものがなかった。特に秀でた能力もなければ、人を惹き付ける魅力的な容姿や性格といったものも持ち合わせていなかった。僕は誰から見ても陰鬱な人間であり、僕だってできれば僕自身と関わりたくないぐらいだった。当然のことながら、僕には人が寄ってこない。中学でも高校でも友達ができなかった。よく思い出せないが保育園でも友達がいなかったかもしれない。僕と少しでも接触した人間の多くが「無駄な時間を過ごした」という表情を浮かべそれを隠すこともしなかった、隠そうとする努力にさえ僕が値しないからだろう。ほんの一瞬で僕に見切りを付けて去りゆく彼らに追いすがるような情けない真似はもちろんしない。哀れな人間は他者に哀れな姿を見せることを最も恐れている。僕には一切が与えられなかったのだ。生きて幸福を享受するのに必要な一切を、母から産まれ出る際に産道にこそぎ取られたのだ——そう思った。

　僕は常に大勢の人間の中で、この上なく希薄な存在として在り続けた。しかしそれはある種の人間にとって最も安らかな生き方であることには間違いがない。僕はこのまま、何も欲さず、何事も為さず、何者にもならず、この生をただ通り過ぎてゆくのだ。そのことについて僕は何の迷いもなかった。しかし、ある男との出会いから、僕の小さな歯車は狂いながら回転を速めた。

＊

「なあ、悪いんやけどさあ、ノート貸してくれへん？」

何の興味も湧かない大学の講義が終わり、いつも通り無言で席を立とうとした僕に、彼は突然話しかけてきた。同じ大学の三回生であるということ以外、僕は彼のことを全く知らなかった。顔には、居眠りしていたためか服の跡が幾筋も残っている。その屈託のない笑顔からは悪意というものがおよそ読みとれない。彼からは、多くの人に愛されるしるしのようなものが感じ取れた。

「いいけど」

「ホンマに？　助かるわー俺全然このコマ出てへんねん」

「そう。来週のこの講義で返してくれればいいから」

「そしたら来週も来なあかんやん。ちゃちゃっとコピー取るから、待っててくれん？」

僕は面倒な奴に絡まれたと思いながら、大学構内にあるコンビニまでついていき、彼が百円玉を何枚も投入してコピーを繰り返す様を眺めた。そこに現れた僕の文字は、まるで自分の書いたものとは思えないような顔をしている。「私はあなたとは関係ないわ」「あなたみたいな人間から私が生み出されただなんて、思いたくないわ」文字は僕に訴える。そうすると彼女たちはばらばらにほどけ、何一つ意味を纏わなくなった……大衆運動のイメージにおいては挙国一致内閣こそがサイレント映画の王室儀礼であり、サンフランシスコ講和条約では岩波文庫の切実なる官僚主導が教養に回収された。西ドイツのアメリカ上院議員は集団心理の国民総生産を越え、新ライン新聞には立憲君主制がより強力な効果方法の後に就任していた。緑の党の未来を孕んだ過去に絡めてアドルフ・ヒトラーが次のように述べた。シニフィアン、シニフィエ、シーニュ……

「どうしたん？」

コピーを終えた男が、怪訝な顔で僕を見る。僕は小さく首を振って、おかしくなりかけた頭を揺り戻した。

「いや……なんでもない」

「ぼーっとしとったらあかんで。お礼になんかおごろか？」

「いや、いいよ、そんなに気を使ってもらわなくて」

「いや、俺が気持ち悪いんや。そや、ウチ来る？　コーヒーでも出すで」

その日特に用事のなかった僕は、久しぶりに人と関わるのも悪くないかという気になり、彼の言葉に甘えることにした。彼のような、自分とは真逆の明るくて饒舌な人間となら、気まずい空気にはならないだろうという計算もあった。彼は大学から自転車で十分程度のアパートで独り暮らしをしており、名を桜井というらしかった。

部屋には柔らかな陽光が差し込んでいる。そいつらは僕の部屋に入ってくる光と同じもののはずなのに、ここでは確固たる意志を持って僕を軽蔑し、桜井を優しく祝福しているように見える。ベッドサイドに置いてある真鍮の電気スタンドが鈍く輝いている。

「上原君は、どっかのサークルとか入ってんの？」

粗雑に見える桜井には不似合いなほど片付いた部屋で、彼はコーヒーを淹れながら聞いた。僕は何のサークルにも入っていない、週に二回ほど、塾講師のアルバイトをする以外には何もしていないと言った。そんなんで、自分、時間余るやろ？　いや、本でも読んでいたら、すぐに時間は過ぎるんだ。読んでへん時は？　寝るよ。寝て時間を飛ばすんだ。

「自分、かなり人生無駄にしてるで」

桜井は言った。実際にその通りだった。

「そうかもしれない。桜井君は、なんだか楽しそうだね」

「そら楽しいよ。この世界の神は俺やねんからな」

「神？」

「神や。自分かて、自分の世界の神様やねんで」

「それはどうかなぁ。少なくとも僕の世界の神は僕じゃないね。ここは僕の関与できる部分のほとんどない、退屈極まりない世界だよ」

僕が言うと、桜井は少し考えるような顔をした後、「よっしゃ、出かけるで」と言った。

「ええとこ連れてったるわ」

＊

僕たちが自転車で辿り着いたのは京都・京阪の祇園四条駅だった。平日でも人が多い。この群衆が僕は好きだ。群衆に埋没する陶酔感は、僕が好きだと積極的に断じることができる数少ないものの一つだ。ただし、一人でいる時に限るが。

「自分、女知らんやろ？」

四条大橋を西に渡り始めた時に唐突に言われ、少し戸惑ったが僕は正直に答えた。

「知らない」

「やっぱりな。そんなんで人生投げたらあかんで。やれることは全部やってしまわな。退屈やとかそういうことは、全部やってから言うことや」

桜井は細い路地に入り、その中の一つの風俗店に迷うことなく入った。その足取りからは彼が何度もここに来ていることがわかる。僕はただそれについて行った。

「いらっしゃいませ、ご予約はされていますか？」

「してません」

「パネル指名なさいますか」

「はい」

桜井は受付の台の上に並べられた写真の中から「サリナ」という女性を選び、僕は「マキ」を選んだ。二人に四番と五番の番号札が与えられ、しばらく待つと桜井が先に呼ばれた。僕は待合室に一人残され、手持無沙汰だった。座らされたソファの横にはカップ式の自動販売機がある。向かいには雑誌と漫画の混在した本棚がある。それらの本がこれから女と交わろうとする幾多の男の手垢に塗《まみ》れているのだと思うと、全てはとてつもなく低い精神性の纏わりついた悪書のように思われる。やがて五番にも声がかかり、僕はボーイの指示に従って受付まで戻り、さらにその先に続いている扉を開いた。

「はじめまして。マキです」

僕の指名した女性がそこには立っていた。写真ではわからなかったが、肌には全く張りがなく、顔には皺が目立つ。記されていた二十二歳という年齢が偽りであることはすぐにわかった。

案内されるがままにプレイルームに入ると、マキはふわりとした純白のドレスを脱ぎ、下着姿になった。照明は薄暗く、肌の粗も目立たない。見えていないものは、存在しないも同然だ。僕も着ていた服を脱ぐと、マキはそれらを丁寧にハンガーに掛ける。お客さんみたいな若い人に当たって、今日はラッキーだな。一定年齢以下の客全員に放っているであろう言葉を、僕に投げかける。私年上の人が好きなの、私細身の人がタイプなの、私がっしりした人じゃないとダメなの……今日はラッキーだな。言葉には、驚くほど意味がない。

マキは下着も脱ぎ捨て、シャワー室へと僕を導いた。うがい薬が置いてある。マキがそれをプラスチックのカップに数滴垂らし、水を入れて手で円を描くように振り、混ぜ合わせる。濃い青色の液体が拡散していく様は、個性的な人間が大人になるにつれて凡庸な人間に作り替えられていくのに似ている。僕はそれで数回口をゆすぎ、マキも続いて同じようにする。ボディーソープで泡を立て、僕の身体を素手で洗い、ペニスを優しく触る。僕のペニスは少し反応する。その途中で何度かキスをした。マキはキスをする時に必ず目を閉じていた。自分の本当に愛する人でも思い浮かべているのだろうか。キスの感触など、誰としようが大差はない。僕としようが恋人としようが、その物理的な感触に大差はない。彼女が現実を遮断し、恋人とのキスを幻想するならば、僕のうがい薬の匂いのする唇はその通りに変貌するだろう。

身体を洗い終えると、マキはタオルで丁寧に僕の身体を拭き、先にベッドで待ってて、と言いながら自分の身体も素早く、新しいタオルを取り出して拭いた。彼女は僕の上になり、やはりキスをした。その舌は口から首筋へと滑り、胸から腹へ、そしてペニスへと流れるように移行した。僕は慣れない感触に、身体を時折震わせる。気持ちいいの？うん。僕は答える。しかし、これが「気持ちいい」と表現すべき感覚なのかどうか、僕にはわからない。誰とも知れない、会って十分程度の女性が自分の身体を好きにしている現状に、僕は少し不快感を覚える。シックスナインにする？　マキの言葉に頷くと、彼女は身体の向きを逆さにし、僕の眼前に局部を晒した。僕は差し出されたそれを指で撫で回してから、舐めた。それほど匂いはしない。僕の下手なクンニリングスで、マキは激しい声を上げる。その芝居がかった声に僕は興ざめする。見え透いた芝居は冷酷な現実に劣る。勃起していたペニスが少しずつ倒れていく。マキは懸命にフェラチオをしながら、声を余計に大きくしたが、逆効果だった。僕はもう何の興奮も得られなくなった。勃ちにくい人？　マキが聞いた。いや、ちょっと疲れてるんだ。そう、ごめんね、私あんまりうまくないの。間に合わないと思った僕は、身体を引っくり返してマキの上に乗り、キスをしながら左手の指で彼女の局部を愛撫し、右手で自分のペニスを扱いて射精した。

＊

待合室に戻ると、ボーイがアンケートにご協力お願い致します、と言って紙切れを渡してきた。ディープキスはありましたか。首筋は舐めてもらえましたか。……シックスナインはありましたか。その内容はほぼマキの手順通りのものだった。先ほどの一連の行為は彼女にとって点数を稼ぐための、あるいは失点しないための事務的な作業に過ぎなかった。当然の事実だが、こうもわかりやすい形で示されると僕は逆に好感を覚えた。彼女の本質的な真面目さが、時を遡って浮かび上がってくる。

「ごめんごめん、待たせた？」

桜井が少し遅れてやってきた。アンケートを断った彼と僕は、店をすぐに出た。

「どうやった?」

桜井は目を輝かせながら聞いてきた。俺のほうは微妙やったわ、ちょっと匂いがきつくてな。自分どうやった?

「悪くなかったよ」

僕は正直に答えた。なんやそれ、もっとなんかあるやろ。桜井は行為の前後で変わらない僕の様子を見て残念そうにしていた。

それから僕たちは目的を失ってしばらくぶらついたが、そのうちに桜井が「何か面白いことがしたい」と言い出し、いつも見かける占い師に声をかけてみることになった。「あのババア頭イカレとるらしいで」僕はもちろん占いなど信じる人間ではないし、イカレた老婆を見て笑える人間でもないのだが、今日は全て彼の言う通りにしようと思った。彼に引きずり回されるのは、思いの外楽しかった。何も考える必要がないからだ。四条河原町の交差点の北東にはやはりいつもの老婆がいた。汚らしい机を一つ置き、「占・三千円」という張り紙がしてあるだけだ。通行人たちはそれを全く気に留めず、ただただ通り過ぎて行く。邪魔だという感想すら、誰の頭にも浮かんでいないだろう。老婆も誰かを引き止めようとはせず、静かに下を向いている。まるで誰にも話しかけて欲しくないかのようだ。

「すいません」

桜井が声をかけると、老婆はゆっくりと顔を上げた。

「三千円」

唐突に言われ、桜井が財布から千円札を三枚取り出して渡す。老婆は乱暴にそれを、横に置いてある小さな木箱に叩き込んだ。

「二人見たるわ。ここに名前と生年月日」

白い紙を二枚渡される。それぞれが必要事項を書いて返すと、老婆は紙と僕たちの顔を交互に見た。

「あんた」

老婆が桜井に呼び掛ける。「あんたは脇役やな」

「はい？」

「あんたは脇役として人生を送る。この世の中は、神の定めたシナリオ通りに進んどる。誰もそれに逆らうことはできん……その中で、人は主役と脇役に分けられる」

「はあ」

「主役は波乱万丈の人生を送る。送らなあかん。周囲を楽しませて、あるいは悲しませて、物語を動かすきっかけを作る人や。それは大変なことやで。神のお気に召すように動かなあかんからな。脇役のあんたは幸運や。自分で積極的に動かんでも、主役の近くにいるだけで、進んでいく物語を観察できるさかいな」

「……そうですか。で、他に何かわかることはありますか？」

「何かって、全部わかるわい」

「全部って？」

「全部や。その気になったらあんたが死ぬまでの人生が全部わかる。私はな、アカシックレコードにアクセスできる世界で四人しかおらん人間のうちの一人なんや。あとの三人はイギリスとウクライナとインドにおる」

「それは凄いですね」

桜井は半笑いで言った。ちらりと僕の方に視線をやり、「な？　こいつ頭おかしいやろ？」というような顔をする。僕は小さく頷いて答える。

「でもな、運命を知った人間は、運命を変えてしまう。それは神の逆鱗に触れることなんや。その人間だけでなく、原因を作った私まで裁きを受けることになる。せやから、何でもホイホイ教えるわけにいかん。そっちの兄ちゃん」

今度は僕の方を見て老婆が言った。

「あんたは……主役に分類される」

「は？　僕が？」

「そうや。あんたはあれやな。あれな人生になるわ」

「いや、あれって言われても……何か近い将来のことを予言してくださいよ。具体的な出来事を」

「しゃあないな……じきに、あんたのことを好いてくれる女性が現れる」

「そんなわけないでしょう」

「まあ見ときなさいな。これ以上はよう言わん」

僕らは老婆の元を去り、話題になっていた暴力映画を観て、学生のよく集まる安い居酒屋で飲んだ。

「俺が脇役で、上原君が主役か」

桜井は老婆の言葉を気にしているようだった。

「俺は、生まれてきたからにはそれぞれが主人公やと思ってたんやけどな。確かに、アメリカの大統領と、日本のホームレスを両方主人公と呼んでいいかは疑問かもしれへんな」

「その意味では、僕みたいな人間は絶対に主人公とは呼べないだろう」

「わからんでぇ、これからどうなるか。あと女も寄ってくるって言ってたなぁ。ええなぁ自分ばっかり」

「あんなの苦し紛れの出まかせだろ」

桜井は自身で老婆を頭がおかしいと評価していた割に、その言葉を愚直に受け取っていた。そうして僕らは別れ、それぞれの帰路についた。

＊

三十分後、僕は部屋に戻った。僕は桜井と同じく、大学の近くで下宿をしている。机の上には最近読んだ小説の山と、煙草で一杯になったガラスの灰皿がある。床には、書きかけのレポートの参考資料が散らばっている。僕はそのうちの一つを無造作に手に取り、ノートパソコンに向かって一時間ほど文字を打ち続けた後、インスタントコーヒーを淹れて煙草を吹かした。コーヒーカップはもう何日も洗っておらず、底に汚れがこびりついている。洗い物をするなんて面倒臭い、と僕は考えていた。洗ってもまた汚れるからだ。それは生活のすべてに通じることでもある。僕はそれらを全て放棄してしまいたいが、生きている以上そうはいかない。食器を洗わないことが、生活に対する僕のささやかな抵抗である。

＊

僕は毎日、真面目に大学に通った。大学へ行き、講義を聴き、昼食を摂り、また講義を聴き、図書館へ寄り、帰った。その繰り返しに僕は吐き気を催した。もしこの繰り返しで人生が構築されていくのなら――と僕は思った。学校へ毎日通い、その延長として会社へ毎日通うことで人生が構築されていくのなら――どこで終わらせても同じことではないか？　僕がこのような考えに陥る原因の一つは、他者との接触を、外界からの刺激を極端に恐れることにある。それは、僕のような愚かな人間が「愚かである」と明確に烙印を押される機会、あるいは相手に対して等価の刺激を提供できないということを、嫌というほど思い知らされる機会と化す可能性を、常に秘めているからだ。相手にしてもらっただけのことを返すことができない。その仄暗い気持ちは僕の中に膿として確実に蓄積され、消滅させるには時間の経過を待つ外ない。狼狽する僕を見た者は、そのまま見捨てるのでなければ、僕と同じく狼狽の色を見せる。正常な人間と同じ対応の仕方ではうまくいかない、つまり僕が常識の枠外に在ることを感じ取り、彼らは混乱する。僕は申し訳ないと思う。しかし、彼らが混乱している以上に、僕の方が混乱しているのだ。

僕は当然のように、孤独を愛した。それは嘔吐感の根源ではあったが、それ以上に僕の心に平和をもたらした。誰に気を遣うこともなく、誰に気を遣わせることもなく、誰かに敵視される心配もなく、さらに言えば、誰かに愛される心配もない。

僕は、自分でも手に負えないことなのだが、自分自身に最も低い評価を下すと同時に、最も高い評価をも与えていた。自分のような悩みを抱えることは、高い知性の現れである、とも考えていたのである。周囲の、楽しそうに大学生活を送る人間たちは、高尚な悩みを抱える思考回路を持たぬ凡人であるように思われた。確かに、彼らのような凡人たちは将来的にどこかの企業に入り、職場では周りに迎合し、程良く出世し、温かい家庭を築き、穏やかに死んでゆく権利を持つだろう。そのような下らない権利を、僕はいらないと思う。羨望の気持ちが湧き上がってこない。彼らのようになりたいと、思うことができないのだ。

多くのものを放棄した僕は、何かに一生懸命になることが一切ないばかりか、そういった人々をどこかで嘲笑する面があった。がむしゃらに勉強する受験生、部活に打ち込む中学生、学術書を徹夜で読みこなす大学生、昇進を夢見て必死で残業する社会人。それぞれがそれぞれに目標を定め、一直線にゴールを目指す姿は、美しい以上に僕には滑稽に映った。テレビで観るプロスポーツ選手でさえ、僕にとっては笑いの対象であった。球を投げて打つことに、一体何の意味があろう？　球をゴールネットに蹴り込む動作に、一体何の意味があろう？　氷上を滑ったり跳んだりする？　何故？　僕にはわからなかった。そのような無意味事に、勝手に意味を見出せるような愚鈍な人間しか、この世をうまく生きていくことはできないのだと思った。僕のような人間は淘汰される。淘汰されるが、僕はそのことにわずかながら誇りを感じてもいたのだ。僕は、お前らのような馬鹿には理解できない人間なのだ――と。

＊

「久しぶりやな」

いつものように社会学の講義に出席すると、そこには珍しく桜井がいた。最後に会ってから二か月が経ち、もう前期試験が近い。

「どうや？　あれから女できたか？」

「できてない」

「なんや、あのババア外しとるやん」

「占いなんてそんなものなんだよ」

「そこでや、俺が自分に女の子を紹介してやろうと思っとるわけなんやけど、どうや？ロバート・K・マートン、予言の自己成就というやつや」

ちょっと違うんじゃないか、と思いながら僕は言った。

「断る」

「なんでやねん！」

「うまくいくわけないし、その子に悪いよ」

「大丈夫やって。自分見た目も悪いほうじゃないし、世の中には寡黙な男が好きってやつもおるねんで」

桜井は僕に無理やり紙に書いたメールアドレスを渡し、「お前が男である限り、お前は必ずメールを送ることになる」と言い残し、教室の最後方へと戻り眠った。そして、講義が始まった。「えー、前回はタルコット・パーソンズのAGIL図式について学びました。適応、目標達成、統合、潜在性。これらについて今回は少し具体的に話を進めていきます」

僕には大学での講義のほとんどが無意味に感じられる。教授たちが現実に役に立たない机上の空論をもっともらしく展開し、学生たちはそれを学んで目をキラキラさせながら議論を始める。無意味の連鎖だ。まだ現実に即していると思われる法律学も、僕の興味の対象からは大きく外れていた。人間の定めたルールにはめ込まれることには我慢がならない。そこに自ら飛び込んでいくような、面白くない真似はしたくない。既存のすべてに向いていないのだ。僕は「ルール」を変えることにより、世界の全てが変貌するのではないかと思っていた。たとえば野球がフォーストライク、ファイブボールの競技だったら？　サッカーが三十分ハーフの競技だったら？　日本ダービーが千六百メートルだったら？　義務教育が五年だったら？　日本の公用語が英語だったら？　日本が社会主義国家だったら？　しかし変更は不可能だ、もう決められているから。強姦や殺人が許可されていないことも、僕には納得できない。何故、人を殺してはいけないのか？　度々取り沙汰されるこの問題に対し、明確な答えを示してくれるものはなかった。テレビで大量殺人事件が報道されると、僕は昂揚した。被害者の中に若い女性がいると、その顔写真で必ず何度も自慰行為に耽った。紙切れのように軽く散らされた命に僕は眩暈を覚えるほど興奮し、激しく勃起するのだった。「命とはかくあるべきだ」と僕は思った。

「人生は一箱のマッチに似ている。重大に扱うのは莫迦莫迦しい。重大に扱わなければ危険である」とは芥川龍之介の言葉だが、僕には前半のみが真実であると思える。

「おい、お前まだメールしてへんのか?」

一週間後、同じ社会学の講義で桜井が話しかけてきた。

「しないって言っただろう」

「ホンマにせえへんとは……自分それでも男かいな」

「さあ」

「もう、女の子のほうに自分のアドレス教えるで! いいな!」

「何でもいいよ。好きにしてくれ」

その二時間後、女性からメールが来た。「はじめまして。鈴木亜佐美と言います。桜井くんからアドレスを教えてもらいました! よろしくね♪」僕はこれを無視することも考えたが、とりあえず当たり障りのない返事をした。

＊

「メールするように言うたんやけどな、あいつ恥ずかしがって全然しようらへんねん。もう自分からメールしたってくれる? これ上原のアドレスやし→uehara1985@xxxx.ne.jp」

桜井くんからメールが来た。私が誰か男の子紹介してよと頼んだのだが、上原くんとやらは私に微塵も興味を示すことなくあえなく放置されてしまったのだ。ガァッデム！BY蝶野正洋。しかし、これは私の魅力不足ではないのだよ。まだ会ったこともないのだから、私が悪いわけでは決してないのだよ。そこのところを勘違いされては困る。いや、まさかメールアドレスから不穏なものを感じ取られてしまったのか？

「love_is_all.63@xxxx.ne.jp」いや、普通じゃん。別に悪くないじゃん。でもちょっと頭弱そうかなあ。まあ、ここからはわたくしが一生懸命メールをして、上原くんをうまいことデートに誘い出してやる次第である。

あ、やばい面倒くさい。いま私、超面倒くさいと思ってる。面倒くさいと思いながら打ったメールには作成者の気持ちが乗り移ってしまい、相手にもなぜかそれが伝わってしまうのだ。邪念を捨てよ、私。純粋な気持ちで、彼にメールを送るのだ。「はじめまして。鈴木亜佐美と言います。桜井くんからアドレスを教えてもらいました！　よろしくね♪」いやーそれにしても蝶野は凄い。第二回G1クライマックス、蝶野VSリック・ルードはホント面白かったな、ぬるい試合だとか言われるけど私は好きなんだよね。そうそうそう真ん中でやれー！　S・T・F！　なんつってね、まだ蝶野がヒールターンしてなくてさ、普通なんだよね。あ、やべ、送る瞬間に超違うこと考えちゃった。ごめんね、上原くん。これは単に私の調子の問題であって、上原くんの魅力不足ではないのだよ。まだ会ったこともないのだから、上原くんが悪いわけではないのだよ。

するると、思っていたよりも早く返信が来た。おや？　これが一週間も私を放置していた男の返信スピードか？　意外と私に興味あるんじゃないの？「うん、よろしくー。何学部の人？　俺は文学部だけど」いいじゃなーい。質問で返してくれてるじゃなーい。「私は教育学部だよー。じゃあ、共通の授業あるよね！　心理学講義Ⅰとか取ってる？」「取ってるよ。あの教授面白いと思わない？」「面白い！　もし自分が病気になったら診てもらいたいよね。あの、箱庭療法とかやってみたーい！」「やってみたいけど、あんなんで何がわかるのかなぁ。バウムテストとかも、俺だったらめちゃくちゃ気持ち悪い樹をわざと描いてしまいそう」「私なら不自然にかわいい樹を描いて逆に病気を匂わせるかな笑」良かった、共通の話題があって。講義でも出会えるだろうし、この亜佐美様が隣に座ってしんぜよう。「心理学一緒に受けようよー。私あの講義友達いないんだよ」本当にいないのだ。私は友達の少なさには定評がある。恐らく片手に収まるほどしか友達がいないのである。みんな私とは距離を置いた付き合いをしてくる。なんでだよー！　と私は叫びたい。何度か叫んだこともある。そしてそれがなんでなのか、なんとなく私にはわかっている。私はいわゆる変人なのだ。同世代の女の子とは感性がずれているのか、話題のぽんぽん変わるガールズトークについて行けない。私が一つの話題について考えている間に、彼女たちはもう二つくらい先に進んでいる。え？　さっきの話もうちょっとしようよ？　何も解決してねえじゃんよ！　彼女らはたぶん、自分の言葉に対して「わかるー」と言われるところまでで満足なのだ。真剣に答えを求めてなどいないのだ。私はその感覚に、うまくなじむことができないのであった！　桜井くんとは講義ノートを貸した縁で知り合い、今も講義ノートを一方的に貸し続ける仲だ。このギブアンドギブの関係を少しでも変えるために、男の子の紹介をお願いしてみた。私も、恋愛なるものにうつつを抜かしてみたいお年頃。今までも何人かと付き合って、別れた。みんなすぐにセックスしようとしてくるから、私が腹を立てて振ってやったのだ。君たちはあれなのか？　私のことが好きなのか、私のマンコが好きなのか？　はっきりしたまえ。若い男なんて多かれ少なかれそういうものなのかもしれないけれど、もう少し私というものに向き合ってくれてもよいではないか。私が生理の時だって、何も言わずに優しく抱きしめてくれればよいではないか。なのに、あるひどい男は私の流血にもかかわらずセックスを求めてきた。私はそれでも、誰かに必要とされるのが嬉しかったから応じてやった。そしたら思ったより匂いが強かったのか、そいつは途中であからさまに不機嫌になりやがったのである。あたりめーだろおめー！　マンコから血が出てるんだよ！　マンコも臭いし血も臭い、そんな両者が混ざり合った時に何か？　フローラル・スメルが生まれるとでも思っていたのかね！　私は泣いた。「ごめんなさい、臭くてごめんなさい」そして、結局焦ってフェラチオをしてあげてしまう始末だった。お前のチンコも臭いだろうが。自分のチンコも臭いということをこいつは認識しているのか？　風呂に入った後でも多少は臭いということを自覚しているのか？　と思いながら私は口を動かし続けた。うーん……情けない。その情けなさは放出された数億の精子を飲み込んだ時に頂点に達し、私はそのあと無言でうつむいていた。ションボリすれば優しくしてもらえるという計算もあった。しかしそいつはそんな私を気に留めることもなくさっさと帰ってしまった。実にファックである。

　桜井くんいわく、上原くんはそんな猿のようなやつではないということだった。プラトニックラブには格好の相手であると聞いていた。しかし、コミュニケーション能力は猿以下だとも聞いていた。まあ、良いでしょう。私は、私が悩んでいる時に、むやみに穴をほじくったりせず、静かに抱きしめてくれる男子を欲している。そこに言葉はいらないのだ。

＊

次の心理学講義Ⅰで、私は上原くんを発見した。桜井くんから写メをゲットしていたので、識別は簡単だった。見た目は、特殊なストライクゾーンを持つ私のど真ん中ではないけれど、許容範囲内には余裕で収まっている。服のセンスも悪くはない。良い。良いぞ上原。周りから明らかに浮いているその感じ、静かに講義テキストを読む憂いを帯びた姿。満点だぞ上原。私が悩んでいる時に、むやみに穴をほじくったりせず、静かに抱きしめてくれるに違いないオーラが噴出しているぞ。

「上原くん、だよね？」

満点、私。第一声、上原くん、だよね？　満点であろう。少しためを作るあたり、私の稀有なセンスが如実に表れている。

「はい」

私の満点の声かけにもかかわらず、上原くんは「あなたには興味がありません」といった顔で二文字の言葉を発しただけだった。猿以下のコミュニケーション能力だ。大体、メールの内容からして、心理学講義Ⅰで話しかけてくる女性が鈴木亜佐美以外にないことはわかっているはずなのだ。あっ鈴木さんですか？　はじめまして上原です！　やっぱり面白いよねーあの先生。あれさ、夢分析とか、ホントかよって感じしない？　俺毎日夢日記つけてるんだけど、昨日なんか部屋に知らないおじさんってても余裕で六十は超えてるようなのがドアぶち破って入ってきていきなり斧で首切られちゃってさー、死んだと思ったらまだ首の皮が半分ぐらい繋がってて高瀬舟状態。しゃべろうとしても声出なくて、死ぬ前にこれだけは言いたいってことを一生懸命言おうとしてたら目が覚めたんだよね、何が言いたかったのか起きたら忘れちゃったけどね。これって何を暗示してると思う？ ぐらい言えないのかてめー。

「あのさぁ、この後一緒にお昼食べない？ 食堂で」

「いいけど」

私の満点の二言目にもかかわらず、上原くんは「てめえには関心がございません」といった顔で、四文字の言葉を発しただけだった。バクテリア以下のコミュニケーション能力だ。さほど高くもなかったメールの時のテンションの、さらに六億分の一ぐらいの温度だ。なんなんだろう、こいつは。と私はひたすらに不思議がっていたのだが、ふと、ある可能性に思い当たった。もしかして上原くん、私のことタイプじゃない？ あらま、私ったら、自分のルックスに関する考察が抜け落ちていた。でもでも、悪くないと思うのよ。背は高くも低くもないつまりは百六十センチだし、髪型も流行りのショートボブを取り入れてみてそれが極端に似合わないとか無理してるというような感じを出してしまってもいないはずだし、顔立ちも綺麗だとよく母方のおばさんに言われるし、服にもかなり気を遣っている。紹介相手として、第一印象で外れと思わせてしまうような女では、ないはずなのよ！

まあ一緒にごはんは食べてくれるみたいだし、ここから挽回してやろう。ディープインパクトだっていつも思い切り出遅れてから飛んできたじゃない。むしろスタートがうまくいった菊花賞ではいまいち危なかったじゃない。私たちはほとんど無言で大学の食堂に向かい、私はささみチーズフライ定食を、上原くんはきつねうどんを注文した。なんでじゃい、と私は思った。そんな二百円のうどんで、君のお腹は満足するというのかね？

「あんまり食べるほうじゃないんだよ」

上原くんが言った。私は何も言っていないのに、なんでじゃい、という表情が露骨に出ていたのだ。私は恥じた。ささみチーズフライの横についているキャベツにゆずドレッシングをかけながら、私はわかりやすい自分を恥じていた。もう少しあれだな、ミステリアスな雰囲気を醸し出すことが、今後の課題だな。それよりも今、何かしゃべらなくては。共通の話題、共通の話題。とりあえずは桜井くんだ。

「桜井くんってさ、単位大丈夫なのかな？」

「ダメだろう。あいつ、講義にはほとんど出てないよ」

「私たちのノートを当てにしてるから、出る気にならないんじゃない？　二人で鎖国しない？」

「僕らが断わっても、あいつなら他の友達に借りて試験はなんとかすると思うよ。出席点の問題だね」

上原くん、私とふつうに話してくれてる。話し始めたら表情も少し穏やかになってきたみたい。慣れてきてくれたのかな？　可愛い。上原くんったら、なんて可愛いのだろう。なんだかこういう人を見ると、私だけの宝物って感じがする。私以外誰も、上原くんの可愛さに気が付かないのだ。世の女の子たちは、明るくて社交的でかっこいい、誰が見ても合格点に達している男の子に殺到するのだ。私はもう、そんな段階は卒業したのだよ！　上原くん。私だけの上原くん。

「ねえねえ、前期試験が終わったらさ」

私が言うと、上原くんは「げ、嫌な予感がする」という顔をした。たぶん、上原くんのような静かで繊細な男の子は、これまで女の子に関する良い思い出がないのだろう。他の人が恋の駆け引きを楽しんだり、幸せぶっこいていちゃいちゃしたりする中、彼は無視され、看過されてきたのだ。たまにデートをしても、「上原くんってつまんない」「あっごめん用事入っちゃった」とか言われて、たぶん、とても、傷ついたりしたのだろう。

でも上原くん、安心して。私はそんなんじゃないよ。そんな浅はかなやつらとは違うからね。

「うん」

「二人でどっかに遊びに行かない？」

「……」

上原くんが停止している。大丈夫。私を信じて。絶対に、今までみたいな、「行かなきゃよかった」ってデートにはしないから！　まあ、今までの上原くんの経験なんて私は知らないわけだけど、私の単なる想像なわけだけど、かなり当たってるはずだ。ろくなことはなかったはずだ。上原くん、君はやっと、本気でぶつかれる相手に、本気で自分を受け止めてくれる相手に巡り合ったのだよ。私を目の前にして、その予感はない？

一度試してみようとは、思わない？

「うん、いいよ」

それにしても武藤のシャイニング・ウィザードは危ない。特に初期は膝をそのまま顔にぶち当ててたんだから激ヤバ危ない。今後太陽ケアや飯塚がもし亡くなったらその死因は病気でも寿命でもなく初期シャイニング・ウィザードだろう、破壊王・橋本真也の死の遠因が小川直也のＳＴＯだと言われるように。

おっとまた違うこと考えちゃった。ごめんなんて言ったの？　武藤にやられる村上和成の映像が頭に流れるあたりで何か声が聞こえたんだけどそれはすでに限りなく遠い過去に埋もれてしまっていて再生できない。ごめんね上原くん、何て言ったの？

「え？」

私は肯定だったとしても否定だったとしても大丈夫なように最強の言葉を選んだ。え？　っていうのは最強だ。ソーリー？　パードゥン？　アイ・ベッグ・ユア・パードゥン？　長い。え？　が最強だ。

「あの、いいよ」

いやーそれにしても九十八年のＫ－１グランプリのピーター・アーツは凄かった、なんてね、しつこい？　上原くんの回答、今度こそしかと受け取りました！　あなたは今、最善の選択をしたのだよ。最善の選択だったと思わせてみせるからね。

「やったぁ！　どこに行くかは、私が決めていい？」

「うん、任せる」

よーしよし。プランニングを上原くんに任せたら、たぶん面倒くさくなってきてああーなんであんな約束しちゃったんだろ俺もー家にいたほうがましだしよー超失敗したよーってな感じでテンション降下スパイラルに陥っていくだろうから、その部分、今回は私が全て請け負うわ！　でもまずは前期試験。

「じゃあ考えておくね。あとさー、前期試験の勉強、一緒にしない？」

「……」

また停止している。攻めすぎか？　まだ初めて会って三十分程度なのに、これはやりすぎなのかな？　でも、上原くんは強く攻めないとするりと逃げてしまうタイプだ、たぶん。これでいい。合ってるよ、私。

「いいよ。食堂か、図書館でやらない？」

やるやるー！　上原くんが心を開いてきている。なんて可愛いのだろう。そのへんのソツのないイケメンを相手してる時なんかより、よっぽど私の胸はキュンキュンしている。上原くん、この胸の鼓動が聞こえる？

＊

次の日から、私たちは食堂で一緒に試験勉強をすることになった。なぜ図書館を選ばなかったかというと、当然、おしゃべりできないからだ。一時間もすれば、ひいひい、疲れた、何か他のことを考えたいよーと上原くんは思うはず。その時、目の前の私が格好の雑談相手になってあげようというわけです。私は発達教育論のレジュメをまとめ直し、上原くんは宇宙なんとか学というやつの課題を解いていた。文学部なのに、数学みたいなことをしていた。ははーん、ちょっとかっこつけようとしてんな。アルベド（反射能）、外部からの入射光エネルギーに対する反射光エネルギーの比……とか書いてある。超興味湧かない。なんでこんな授業取ったの？　意味不明だよ、上原くん。そして上原くんはわけのわからない数字を書き殴り、答えらしきものを出し続けた。一時間後、私はレジュメをまとめ終え、ひいひい、疲れた、何か他のことを考えたいよーと思ったが、上原くんの手は予想を裏切り、止まることがなかった。最初と全く変わらないペースで計算に取り組んでいる。問いは二十題ほどあり、私が見た時には十二問目だった。

「なんなの、それ？」

集中力が完全に切れた私は思わず聞いた。

「なんか答え出してるけど、それなんの数字なの？」

上原くんは恥ずかしそうに微笑んで言った。

「よくわからない」

問題文の指示に従っていけば、意味がわからなくても答えは出せるんだよ。時間さえかければ。と上原くんは続けて言った。私は笑った。だって、全部わかったような顔して解いてるんだもん。

「よくわからないのに、なんでそんな、悟り開いたみたいな顔してるの？」

「僕にはそんなつもりないよ。鈴木さんにはそう見えるってだけだよ」

私と目を合わせるか合わせまいか悩んで中途半端なところに視線を泳がせている上原くんが、なんだか愛おしかった。結局一時間半かけて上原くんは問題を解き切った。私は三十分間、倫理学講義のテキストを読むふりをしながら、上原くんをずっと見ていた。

＊

私たちが二人で勉強をするようになり、上原くんは日に日に私に対して笑顔を見せる回数を増やしていった。ような、気がする。でも、特に私に対して興味を持ち始めているという風でもなかった。食堂で私がパフェを頼んで、「ごめーんもう食べられないかもー」と言ってちらりと目をやると、上原くんは「ああ、そう」とパフェを一瞬見て、何事もなかったかのようにドイツ語の勉強に戻った。おいおい！　ちょっとはどぎまぎして、残り食べたそうにしてよ！

「よ、よかったら、上原くん、食べる？」

私はちょっとどぎまぎしながら聞いてみた。

「いや、僕、あんまり甘いもの好きじゃないんだよ」

ファックシット！　断られた私の恥ずかしさと言ったらもう大変なもので、その後の勉強には全く身が入らなかった。間接キスのチャンスを女子から与えるというこのとんでもなく美味しいはずの設定を、上原くんは微動だにしないままスルーしたのだ。私は自分の女としての魅力についてまた疑問を持った。もしかして、私、自分が思ってるほど可愛くない？　上原くんは私と一緒にいて、全然、うれしくないのかな。楽しくないのかな。私にだけ見せてくれてると思ってるたまの笑顔も、ほんとはもっと親しい人になら、簡単に見せちゃったりなんかしてるんじゃないだろうか。はは、私ったら、とんだピエロだぜ。でもまだ、時間はある。まだまだ逆転満塁サヨナラホームランの可能性は、私が諦めないかぎり残され続けるのだよ！　そんなことを考えていたら、上原くんは「今日飲みに行かない？」と突然誘ってきた。

「え？」

「いや、嫌ならいいんだけど」

「いえ、い、いくます」

「え？」

「あ、あの、行きます」

おりゃーー！　そら見ろソッコーで逆転満塁サヨナラホームランだぜーー！　有頂天になった私は手を振りながら悠々と一塁から二塁を回って三塁を蹴り、ホームベースを踏んで仲間に迎えられる想像をした。今日のヒロインインタビューは、鈴木亜佐美選手です！「前半、苦しい展開が続きました」「ええ、なんとか点を取りたかったんですけど、なかなか上原投手を打ち崩せなくて。うちのリリーフもこらえてくれてたんで、絶対に最後はなんとかしてやろうと思ってました」「そして最後の打席、見事、真芯でボールをとらえました。凄まじい飛距離でした」「そうですね、狙ってたカーブが来たんで、思い切り振り抜きました」「プロ初のサヨナラホームラン、それも満塁、今のお気持ちは？」「最高でーす！」うおーーー！（歓声）うずまく妄想の中、私は上原くんと一緒に食堂を後にした。

＊

二人で並んで食堂を出る時、僕はとても居心地の悪い感じがした。僕という存在は周りの空間、僕の拒絶の圧力と他者からの排除の圧力とがせめぎ合ってできた重く息苦しい空間とセットで成り立っているものであり、それに僕は慣れっこになっていた。普通の人間なら嫌悪するに違いないようなこの空間を僕は愛していてその中に他者が入ろうとしたり僕が他者を招き入れたりすることはなかったのだが、今、鈴木亜佐美という女性は拒絶をするするとくぐり抜け、僕の空間をいつもと違うように変質させてしまった。いつもと違うことが僕は嫌いだ、調子が崩れてしまうから。そういう時僕は「これはいつもと同じなのだ」と考えることにしている。その方法によればこの女が僕なんかと一緒にいようとしているのは「嘘」だと結論付けられる。過去、僕との時間を無駄と思わなかった人間はまずいなかった。僕でさえ僕との時間を嫌っているのだから当然のことだ。桜井のような他者を受け入れるキャパシティの広い人間、それも男ならまだしも、女性からアプローチをかけられた場合には必ず一度きりで終わったものだった。僕が何も持っていないことを、正常な人間は瞬時に悟り、離れていく。何事も無かったかのように通過していく。それを僕は、悲しいこととは思わない。他者との関与は、僕を混乱させるからだ。それが一度で終わることは、僕にとって幸福なことだった。それならば初めから断れば済むのだが、僕には悪癖があった。過去の事実を元にして美しい記憶を捏造し、それをしばしば反芻することで自分を慰めるのである。一度きりの不愉快なデートが、その終わった瞬間から、僕の中で輝き始める。「善き瞬間」だけがその存在を主張し始め、強い光を放つ点がいくつか生まれる。僕はそれを繋ぎ合わせ、自分だけの物語を仕立て、愉しんだ。僕の存在は現在にのみあるが、僕の愉しみは過去にしかない。僕はそうして偽りの過去に接続し、現在を逃れる。だが、正しい過去といったものが有り得るのかどうか、僕には判断がつかない。過去は常に偽られるのではないか？　過去の幸福な瞬間を、それと全く同じ幸福さをもって想起することは果たして可能か？　過去の痛みを、それと全く同じ痛みをもって想起することは果たして可能か？　周囲の正常な人々がしていることと、僕のしていることは、結果として大して変わらない。むしろ自分が過去を捏造しているという意識があるだけ、僕の方がまだ上等だという気がしていた。

過去の点となるべきこの女は、これまでの女とは異なり複数回に渡り僕に接触を試みてきた。僕はラインを明確に引いたつもりだったが、この女はすぐにそれを踏み越えようとしてくる。僕は、他の誰にも見せないような無防備な笑顔を、彼女にだけ露わにしてしまっている。僕はいつも微笑んでから後悔する。こいつもいずれ僕を通過し、点になる。これは嘘なんだ。僕はやはり混乱した。今日一緒に飲みに行こうと誘ったのは、酒に酔えば彼女の本音も垣間見えるだろうと思ったからだ。しかし、実際そこには、僕がパフェを食べなかったことで深く傷付いているらしく見える彼女を救済する意味も、少なからず込められていた。その時点で、僕は彼女に飲まれているということを認めなくてはならない。彼女という存在をどう捉えれば良いのかわからなかった。

僕たちは大学から自転車で移動し、適当なダイニング・バーに入った。僕はビール、鈴木さんはモスコミュールを注文した。僕はビールを飲んでいる限りほとんど酔うことがない。彼女は、モスコミュールをグラス半分ほど飲んだ時点で顔を赤くして、普段よりも一際饒舌になっていた。

「ねえねえ、上原くんって今まで彼女いたことないのぉ？」

「ないよ」

「なんで？」

「なんでって」

「告られたことは？」

「ない」

「ホントにー？　みんな見る目がないよね。かっこいいし、面白いのに」

「どこがかっこよくて面白いんだよ」

「あらー謙遜して。自分でもそこそこいけてると思ってるでしょ」

「思ってないって」

「嘘だね。付き合ったことがないのって、理想が高いからじゃないの？　こんな女、俺といる資格がないぜって」

「なんだよそりゃ。誰も寄って来なかっただけだよ」

「ふうん。上原くん」

「なに？」

「上原きゅん」

「はい」

「私のことうざいと思ってる？」

僕は返答に迷った。彼女に対する感情をどのようにカテゴライズすべきか、自分の中で判断がつかないままだったからだ。

「あー！　詰まった！　うざいと思ってたんだ」

「違う違う。うざくない」

「いいんですよ、うざいならうざいと言ってくれれば。私は遠くから見守るから」

「その方がうざいよ！　全然、うざくないから」

「本当？　じゃあ、なんかしょうもないことに誘ったりしていい？」

「しょうもなさにもよるけど、いいよ」

「ねえねえ、私たち、付き合わない？」

「は？」

「ちょうどいいと思うんだよ、私たちのこのバランス」

「バランス？」

「なんか、ちょうど釣り合ってる気がするの。私は上原くんといるとすごく落ち着くし、すごく何でもしゃべろうって気になるの。上原くんはあんまり自分のこと話してくれないよね」

「そうかもしれない」

「それは私を信用してないからだよね」

「いや、誰に対しても似たようなものだよ。あんまりしゃべらないんだ」

「じゃあ私が初めての、上原くんの、彼女兼信用できる人になるよ」

僕は流れに逆らうことができず、結局彼女と付き合うことになった。断るための確固たる理由は見当たらないし、正直なところ、僕はこれまでになかった種類の幸福感に満たされていた。すぐに姿を消してしまうであろうそれを、懸命に頭の中に、全身に、感覚として留めようと努めた。

しかし、僕は帰り道においてすでに彼女を嫌悪していた。鈴木亜佐美という特定の人間と、一定期間関わり続けなければならないという契約関係が発生したことが、僕には重荷だった。彼女はおそらく、何らかの計算があって僕を選んだのではないだろう。仮に僕を弄び嘲笑することが彼女の目的であれば、僕はそれを甘んじて受ける。その間に生じると予想される、偽りであれ「幸福な時間」を過去に繰り込み改変すれば、それは僕の愉しみのためのツールとなり得るからだ。むしろ、彼女に何かしら裏のある方が、「いつもと同じ」である方が、僕には楽だった。もし本当に僕に好意を寄せているというのなら、彼女は僕に色んなものを与えようとするだろう。僕にはそれを受け取る能力がないだろう。そして、何も彼女に与えることができないだろう。その自責の念はやはり、彼女への嫌悪と化すだろう。

＊

私は自己嫌悪に陥っていた。お酒の勢いで告白してしまうなんて、自分で自分が信じられない。しかも､これは上原くんにとって初めての告白。それは夜景でも見ながら､ロマンティックが止まらないムードの中で行われるべき一大事ではなかったのかね！　私は悔いた。悔いて悔いて悔いまくった。酔っぱらいに絡まれるような形で史上初の彼女ができてしまうなんて、上原くんはどんな気持ちがしたんだろう？　ごめんなさぁーい！　と一通り心の中で謝ってしまうと私はすっきりして「まあ付き合えたんだから結果オーライじゃん。勝負はこれからだよ」と素直に思うことができた。私って単純。シンプルライフ・シンドローム。

　というわけで晴れて私は上原くんの彼女としての人生の初日を迎えている。おめでとう、私。上原くんは絶対、これまでの彼氏たちのように、猿みたく身体を求めてきたりしないよ。ていうか、私が初めての彼女ということは、間違いなく童貞だ。いいとこ、素人童貞というやつである。なんて可愛いんだろう。私の上原くん。告白を受け入れてくれたということは、私に対して少なくともマイナス評価は下していないということだ。そうじゃんね？　どうも私が勢いだけで押し切ってしまった気がするが、「ごめん、やっぱり友達でいよう」なんて撤回されてしまっても文句は言えない気がするが、とにもかくにも、これは偉大なる前進である。友達に戻されないように、早くラブラブバカップルにならねばならない。私はお昼休みに上原くんを食堂に呼び出し、一緒にご飯を食べた。そして恐る恐る聞いてみた。

「私たち、付き合ってるってことで、いいんだよね？」

　上原くんは元々合わせていなかった目をさらに少し逸らした。えぇー！？　マジでやばい！　歴代最短記録を大幅に更新してしまう！　これまでで一番短いのは三か月だったのが、一気に十三時間。このワールドレコードを破る女は今後地球上に現れないだろう。というか普通はカウントしないだろう。

「うん、付き合ってるってことで、いいよ」

上原くんの次の一言は私を海より深く安心させた。マリアナ海溝の本当の底より少しだけ浅いくらいの深さだった。これより戦闘を開始する。私から上原くんを離れさせないための、そして二人がぴったりのカップルになって一緒に幸せを手に入れるための、高貴なる闘いである。

しかしまず差し迫っているのは単位取得のための下賤なる闘いだった。直前になり慌てる私を尻目に、上原くんは「もう勉強しない」と言った。「もう終わった」そんなー！

私は食堂で一人で勉強なんてしたくないよ。部屋に帰るしかない。でも、上原くんとも一緒にいたい。

「じゃあ、うちに来る？　私勉強するから、横にいてよ。好きなことしてていいから」

上原くんは頷いた。「わかった、本でも読んどくよ」

私はこうして、彼氏を部屋に呼ぶことに初日にして成功した。どんなもんじゃーい！

BY亀田興毅。私はなかなかのきれい好きなので、部屋はいつ誰が来ても恥ずかしくない状態だ。私たちは大学からすぐ近くの私の下宿に移動した。中に入ると上原くんは、少し落ち着きを失っているようだった。そりゃ、女の子の部屋に初めて入ったら、こんな感じになるだろう。可愛いなぁ上原くん。「私そこの机で勉強するから、そのへんでゆっくりしてね。あ、紅茶とかいる?」「ええと……」かなり遠慮している。私に遠慮なんかしなくていいのに。気を遣わずにいられる相手に、上原くんはやっと出会ったんだよ。「あ、私紅茶飲みたいから二人分いれるね」「え、ありがとう、ございます」なんだよ他人行儀だなー。距離の詰め方がわからない。私が近寄ろうとしても、常に一定距離を保って上原くんが移動していく感じだ。これまで相当アウトボクシングの練習をしてきたんだろう。それを余儀なくされてきたんだろう。もう達人の域だ。間違いなく十数回は防衛してる。

私は紅茶を飲みながら、中国語の勉強のラストスパートをかけた。上原くんは私の本棚を物色している。

「なんかオススメある?」

「少女マンガなんて読まないよね?」

「うん、読んだことない」

「じゃあ、このへんにジャンプの単行本あるしどう?」

「へー。女の子でもジャンプ読むんだ」

「私は読むよ。他の子は知らないけど」

上原くんは伝説の人斬りが主人公のマンガを選んで、ぱらぱらとページをめくりだした。そのまま一時間ほどが経ち、上原くんの姿勢が定まらなくなってきたので、「辛かったらベッドで寝転んでくれてもいいよ」と言ったら上原くんは一瞬静止してから「うん、ありがとう」と言ってベッドに横たわりマンガの続きを読んだ。私はひたすらに中国語の例文を暗記した。もう何が何やらわからないが、私は試験範囲の例文を全て頭にたたき込んだ。そのへんで私の頭からはしゅーっと湯気が立ちのぼった。もうだめ。助けて、上原きゅん。

「ねえねえ」

私はベッドでマンガを読み続ける上原くんに猫なで声で話しかけた。

「なに？」

「疲れたよぉ」

「じゃあちょっと休む？」

「うんっ」

私は身体中から噴出する愛を抑えきれなくなり、思わず上原くんに飛び乗った。そして胸に顔をうずめてギュっとしてやった。

「ちょっと！」

「みゅう、みゅう」

「なに？」

「甘えてるだけ」

「あ、うん」

「ねえ、ずっと一緒にいようね」

「え？」

「ずっといっしょにいてくれる？」

私の百六十キロは出てると思しきどストレートを不意に食らった上原くんは、後逸したボールを照れながら拾い上げ、私に投げ返した。山なりの、優しい球だった。

「うん、いるよ」

「上原くん、大ちゅき」

私はもう愛で身体が破裂しそうになり、上原くんに思いっきりキスをした。最初は戸惑っていた上原くんも、私を抱きしめてそれに応じてくれた。幸せ。私いま、最高に幸せ。幸せ最高ありがとうマジで。今後何十年生きてもこんなに幸せな瞬間は訪れないだろう。もう、いま死んだほうがいいのかも。残りの人生は、蛇足かもしれない。

私はそのときハッと我に返った。私ちょっとやりすぎじゃない？　これ付き合って初日だよ？　今までも、私をまだ正面から受け止めてくれた長く一緒にいたい相手ほど、最初に飛ばしすぎてすぐに別れるはめになった。それは私が悪いとか、相手が悪いとかいうわけではない。単に、ペース配分のミスなのだ。

それに、すぐにエッチなことをしたがらない男子を求めていたというのに、これじゃ私が欲情してるみたいじゃん！　欲情とは違うんだよ、これは。愛を伝えるのに言葉で足りないとき、どうしてもこう……こういう感じにならない？　私だけ？　ここまで考えて、私はまたハッと気が付いた。今までの彼氏が猿みたいになったのって、私のせい？

急激に反省した私は上原くんの腕の中で気持ちを落ち着けた。ふう。今日はここまで。ここまでだ、私。

＊

僕は鈴木さんを抱きしめながら、その向こうにある真っ白な壁を見ていた。小さな頃に過ごした家の白い壁は父親のキャスター・マイルドのヤニで黄ばんでいた。あのヤニの黄ばみが細かい塵のようになって肺の中に入り込み今の僕を形作ってしまったのではないかとさえ思った。真っ白な壁を見て育った人間は決して僕のようにならないだろう。しかし僕は僕を嫌悪すると共に最も愛してもいる……キャスター・マイルドの作り上げたこの僕は僕にとってもはや交換可能なものではない。

　数多の人間に見過ごされることによって僕は自分の存在を逆に強固なものとしていたのに、これまでに築き上げてきた自己は彼女の抱擁により崩壊へと向かっていた。僕は否応なく湧き上がる幸福感の中で追い詰められていた。「僕」が浸食されていくことを、僕は許容してもいいのか？　現在の幸福は、過去の僕を犠牲にすることで成り立つ。二十年余りの過去の堆積が生贄として捧げられる。僕が彼女を信じ選び取るなら、自分の世界を一度瓦解させ、再構築することになる。そしてそれまでの僕は二度と戻ってこないだろう。それでいいのだろうか？

　いや、と僕は正気に戻った。彼女も必ずいつか僕を、見過ごすだろう。人の心の移ろいやすいことは、僕が僕自身によって最も強く感じていることだ。これは確実に終わることだ。いずれ消滅する瞬間的な仮の幸福のために僕が僕を変容させてしまうのは、いかにも愚かなことだと思った。

　そしていつか僕を去る腕の中の女の美しい顔を見て、僕は「愛せない」という確信を得た。美はこの世界で、僕と最も相容れないものの一つだからだ。他者を愛する時、人間は絶対的な美しさを帯びる。何故か。それは、いずれ滅びゆくものだからだ。彼女は僕の目を見つめてもう一度言った。

「大好きだよ、上原くん」

僕はそのキラキラした瞳に彼女の純粋な気持ちを見出した。しかし、そこに微かな憐れみの色が含まれていることも見逃さなかった。

＊

前期試験が無事に終わり、大学は夏休みに入った。僕は家で無為に過ごす日が増えた。朝は九時前後に目覚めるが、起きていたところでろくなことはない。そうしてまた眠り、再び気が付いた時には昼の一時を回っている。寝過ぎのためか頭が痛い。適当なインスタント食品を食べ、頭がはっきりしてきたら本を読む。たまに鈴木さんから誘いがあり、部屋に遊びに行ったり、色んな場所に出かけたりもした……僕はもう何をしても楽しくなかった。楽しくないという意味で、僕にとってはデートも試験勉強も大した違いはなかった。しかし、彼女は僕といる時とても幸せそうに笑う。その顔はあまりに美しく、正視に堪えない。

ある日の晩、借りてきた映画を見ながら僕は安心して笑っていた。僕は映画やテレビを見てよく笑う。それは映像が現実としてではなく、虚構として僕に優しく迫ってくるからだ。より正確に言えば、現実よりも現実らしい現実として、虚構が迫ってくる。僕はそれが自身の中に入ってくることを許可する。虚構がとろとろと溶け出して僕の皮膚を覆い、少しずつ浸透してくる。自分自身が虚構物にゆっくりと作り替えられていくような感覚。僕は自分自身の帯びる存在性、現実性を消し去ってしまいたい。完全なる偽物になってしまいたいのだ。そうすれば、僕がどんなに深刻に悩み苦しみ、悲劇的な人生を送ったとしても、それは単なるフィクションとして表現され得る。その捉え方は自由だ――悲劇として鑑賞することもできるし、喜劇として消化することもできる。虚構にあっては一切が不可能であると同時に可能であり、一切が禁止されていると同時に許可されている。これと同じ性質を現実のまま付与されているのは、狂人だけだ。狂人は論理を構築しない。彼の信じたものは彼にとって実際であり、彼の却下した事実は彼にとって起こらなかったも同然である。僕はそれを羨ましく思っていた。あんな風に生きられたら。何も考えず、脳裏に浮かんだヴィジョンのみを信じて生きることができれば、どんなに楽しいことだろう。僕はもう、正気を失ってしまいたい。

＊

映画を観終えた僕は部屋にいるのが窮屈になって、近所のファミレスでドリンクバーを頼み、大分前に買ってから手を付けていなかった本を読むことにした。店内には騒いでいる若者の集団や、部下の悪口を言い合うサラリーマンの集団、または年輩の夫婦など、実に様々な種類の人間がいた。みな僕にとって少しうるさいが、特に腹の立つほどでもない。彼ら一人一人の個性は消え、集合体としてのみ存在している。時に笑い声が起こり、時には沈黙している。集団もその点に於いて、個人と同じ性質を持つ。

彼らは、寄り集まることで果たして救済されているのだろうか。友人、恋人、酒……何が僕を救済してくれるのだろうか。何が僕の下らない自意識を破壊し、狂人にしてくれるのだろうか。

＊

翌日の朝、晴れやかに澄み渡った空の下で、僕はただ歩いていた。街には多種多様な人間が蠢いている。奴隷、主人、富豪、貧乏人、美女、醜女、賢者、愚者、童貞、色狂、処女、売女――それと示す何らかのしるしを携えながら、あるいは内包しながら。ダニだ、と僕は思った。皆、この広い世界において、ダニのように生きている。

一部の選ばれし人間をおいて、九十九パーセントの人間には意味がない。

そのことにお前らは気が付かないのか？

向かいから歳をとった犬を連れた、初老の男性が近付いてくる。すれ違う時に、犬がはっきりと語りかけた。「私はもうすぐ死にます。見えない鎖に繋がれた死刑囚のような一生が終わる瞬間、私は歓喜の涙にむせぶでしょう」犬は尻尾を垂れながら遠ざかっていった。僕はそれを静かに見つめていた。左右に揺れる尻尾はメトロノームのように正確に死までの時間をカウントしていた。すると飼い主が突然僕の方を見て笑い、「I love you like the little bird」と言った。その直後、いやらしく辺りを徘徊していた奴隷も主人も富豪も貧乏人も美女も醜女も賢者も愚者も童貞も色狂も処女も売女も一斉にこちらを向き「That picks up crumbs around the door」と唱和した。僕にはそれが何の一節であるかわかった。ウィリアム・ブレイク「一人の失われた少年」だ。

私はあなたを愛しています
戸口でパン屑をつついている小鳥くらいにはね……

他者を自分よりも愛することなんてできるもんか、父に向かってそう言った無垢な少年は司祭により身体を鉄の鎖で縛られ、「聖なる場所」で焼き殺される。ブレイクはこの詩を以て当時の教会を批判し少年を擁護しているが、少年の思想に親和性のある僕はそれでブレイクが自分を認めているのだと手放しで喜ぶわけにはいかない。詩のモチーフはあくまでも少年であるからだ。

僕はもう少年ではない。

大人たちの作った制度や倫理に楯突くことで自分の存在を確認できる楽な段階を、そして自己完結的な抽象世界に立って現実を軽蔑できる楽な段階を、僕はとっくに過ぎているのだ。成熟した大人たちはそういう「夢」を諦め現実を受け入れ、馬鹿で未熟な子供たちを忍耐強く見守らねばならない。そう、ちょうど僕のような人間を。

……だが成熟ばかりが素晴らしいのでもない、なぜなら成熟は思考の停止でもあるからだ。僕たちは本当は考え続けることができる、全てをいつまでも純粋に考え続けることができる。しかし過剰な思考は行動を阻害する。ラディカルな思考はニヒリズムに帰結する。それは僕たちを生活から、社会から遮断してしまう。だから僕たちは「ある程度」のところで考えることをやめる。

そうして「一応」何かを選び取り、他の全てを諦める。

それが成熟ということなのだ。

何かを選び取るなんて、少しでも「考える」人間ならば、絶対にできないことだ……神のように、全ての可能性を吟味し尽くすことができるのでなければ。

成熟者にとって僕は愚者であるが、僕にとって彼らは挫折者である。

僕は永遠の少年でありたい……

しかし僕も、いつか挫折してしまうかもしれない。

初めから薄暗い予感で始まった僕の人生だったが、その薄暗さが僕の中で正当性を帯びているのは僕がまだぎりぎり少年と大人の狭間にいるからであって、たとえば二十五歳を超えた少年など見るに耐えないし、だからといって成熟した豚になり醜く生き永らえることはもっと許せない。

その時、僕は三年後に死ぬと決めた。

二十四歳。

それが限界だと思った。

すると、ふっと気持ちが楽になった。あと三年で死ねる。いや、本当はいつでも死ねるじゃないか。人間に自殺の許されていることを僕は忘れていた、それこそが犬と人間を分かつ最大の差異であるのに。犬はどれだけ絶望しても、自殺の方法を採ることができない。宇宙に放り出されたライカ犬は喉を爪でかき切ることができない。どうして僕は、数十年先まで生きるという前提で生きてきたのだろう？　それは、死と向き合う恐怖のためであったろうか。しかし今、死よりも生と向き合うことの方が僕に余程大きな恐怖と苦痛を与えているではないか。より大きな負荷がかかれば、直前まで彼を支配していた負荷はもはや意味をなさなくなる。逃走としての自殺は、僕に覚悟を要求しない。

　生きることと正面から向き合わずに生きることのできる限界としての二十四歳。僕は自分のやり方が通用しなくなった時に、やり方を変えるよりは死を選ぶ。やり方を変えた僕は僕でないからだ。精神は肉体よりも上位にある、精神を別物に入れ替えてしまって肉体が存続しようとも、その肉体はすでに腐り果てている。これから、死の準備を整えることが必要だ。僕の無意味な人生にさえ、清算を必要とする事象はいくつか発生しているのだ。

＊

　十月になり、大学の授業が始まった。一緒に昼食を摂っている時、鈴木さんが言った。

「そろそろ私たちも就職活動だねー。上原くんは何かやりたいことある？」

「特にない」

「そう言うと思った。でも、どっかの企業に入らないとじゃん」

僕は、既に就職する気はなくしていた。一人で三年間暮らす程度なら、フリーターで十分だ。何の責任も負うわけにいかない。足枷は全て排除せねばならない。

「いや、少し考えるよ」

「まあ、ぶっちゃけ私は上原くんが就職しなくても別にかまわないんだけど」

「どうして？」

僕は驚いて聞いた。

「私が働くから家にいたらいいじゃん。でもバイトぐらいはしてよね」

「どういうことだよ？」

「私は上原くんと一緒にいられれば、後はどうでもいいの。上原くんが嫌だったら就職なんてしなくてもいいんだよ」

「あの……俺がたとえば無職になったとして、そんな男と暮らしたいと思える？」

「うん」

「どうして？」

「好きだから」

「……」

「私は上原くんという人間が好きなの。上原くんが大企業に入ろうが無職になろうが、そんなことは私の上原くん評価に何ら影響しないわけ」

彼女の瞳はどこまでも真っ直ぐで、嘘を吐いている風でもない。僕は絶句した。そして、素直に嬉しいと思った。同情から生じた愛情の模造品であったとしても、信じたいと思った。しかし、彼女がこれ以上僕に時間を割いて貴重な人生を浪費してしまうことは避けねばならない。僕には彼女という支えを全的に信じて生きていくことはできない。人を信じるには、自分の価値をある程度認めることが必要となる。自分が彼女に本当のことを語らせるだけの能力と価値を持ち、またそれらを今後保ち続けていくことができると確信できた時、初めて人を信じることができる。無価値な自分には彼女を信じる資格すらない。

「まーた何か考えてるでしょ」

彼女が茶化して言った。

「いや……」

「お願いだから、安心して。私の前でそんな不安な顔をさせたくないの。どうして、私に心を開いてくれないの？　私じゃだめ？」

「ごめん、違うんだ。誰に対しても心をうまく開けないいんだよ。正直な話、僕はこの世で一番、鈴木さんに心を開いてる。それで、このくらいなんだよ」

「ほんとにぃ？　私が一番、一緒にいて楽？」

「うん。じゃなきゃ付き合ってないよ」

「ならよろしい！　でも、もっと私に甘えるように」

「わかった、約束する」

気付けば僕はもう、彼女を切り捨てる勇気を失っていた。彼女にとって無駄な時間になるとわかっていても、別れを切り出すことができなかった。僕は、彼女が好きだ。そして僕の残りわずかな生に意味を持たせてくれる唯一の存在であることを考えると、彼女を失うことは恐ろしかった。彼女にとって将来的に全く意味をなさない結果に終わる僕との時間は、僕にとっては意味の全てなのだ。しかし、この「愛すべき」女性を以てしても、死への意志は揺らがなかった。

＊

私は就職活動を目前にして焦っていた。上原くんは就職などしないだろう。彼は社会に出て普通に、ソツなくやっていけるような人じゃないし、それは本人が一番よくわかっているはずだ。企業に入ったらたぶん誰にも理解されずに孤立してばんばん病んでうつ病かなんかになって医者から診断書をもらって長期休暇になって三か月休んで復帰したころには周囲はさらに冷たくなっていて上原くんを苦しめるだろう。絶対にそうはさせない。私はもう上原くんに圧倒的に惹き付けられていた。好き。好き好き好き好き好き好き。どうしてかはわからない。ダメな男が好きなんだろうか？　いや、そんなことを言っては上原くんに失礼だ。とにかく私の中の何かにぴったりはまるのだ。何だろう？　これは分析すべき事柄なのかしら？　いや、細かく分析してしまうと崩れてしまうもののような気がする。ストップ！　イン・ザ・ネーム・オブ・ラブ。とにかく、私が上原くんを支える。絶対に支えてやる。上原くんにとってこの世の中は厳しすぎる。私のお父さんは、大手電機メーカーで働いている。高卒だけど、どうやらいい感じで出世しているらしい。お酒を飲むと同じ話ばかりしている。「俺は実力でのし上がったんだ、周りのどんな有名大出身者も俺には敵わない」お母さんはそれにうんざりといった様子で愛想を尽かして、もうほとんど相手にしていない。私はそんなお父さんが少しかわいそうになって、二十歳を過ぎてからは一緒にお酒を飲んであげたりしているのだ。頑張って働いて、家族のためにお金を稼いでくれてるんだ。誰かに自慢話くらいしたいはず。お父さんはいつも、かつて自分の上司だった東大卒の「緒方さん」の話をする。「緒方さんは、人間としては善い人だったが、いかんせん仕事ができなくてなぁ。部下だった頃はいつもお父さんが裏で指示を出してたんだ。それに当時の事業部長が目を付けて、『なんで鈴木を緒方の下に置いておくんだ！』って言ってな。そこから逆転して緒方さんはずっと課長、お父さんは今、事業部長だ。まあ部長をまとめる部長というところかな」私は凄いね、凄いね、と言ってあげる。どれぐらい凄いのかはわからない。お父さんが緒方さんの下に付いていた頃、一般職として同じ会社で働いていたお母さんはそんなお父さんの仕事ぶりを見て一発で惚れたという。「まあ、凄い勢いだったんだから。高卒で東大卒を追い越して、かつての上司を怒鳴り散らしてるのよ。フロア中に響く声で」でも最近お母さんは言う。「ただ、今思えば緒方さんは本当にかわいそうだったわね。お父さんは、みんなの前で晒し者にするみたいに罵声を浴びせるのよ。実際に仕事のできなかった緒方さんが悪いっていうのもあるけど、たぶんお父さんは自分の成功を周りに誇示したかったんだと思うわ。緒方さんがどんな気持ちだったか、あの人は考えたことがないのよ」もう、お母さんはお父さんを愛していないという。亜佐美がいなかったらとっくに別れてるわ。お父さんには人を思いやる心がないもの。あんなのに騙されて結婚して、お母さんも若かったのね。でも、亜佐美に出会えたのはあの人のおかげだから、感謝はしてるわよ。

　ふうん、と私はお父さんのことを哀れに思う。そしてそれ以上に緒方さんのことを、哀れに思う。みんな、できない人間に対してはすこぶる厳しいのだ。人間性が関係してくるのは、ある程度できるレベルに達してからなんだ。会社に入れば、できるか、できないかという単純な指標で判断されるようになっていくんだ。やばい。私はできるだろうか？　上原くんを養う、キャリア・ウーマンとしてやっていけるだろうか？　私は自分のノートパソコンに向かい、片っ端から企業の説明会にエントリーした。どこもかしこも、ありのままのあなたを見せてください、と白々しいことを書いている。そこに差異は感じられない。私自身は、何がしたいの？　そろそろ真剣に、自分と向き合うべき時期に来ている。

＊

　私が大学構内で開かれる合同説明会に参加すると言うと、上原くんは「僕も行くよ」と言った。「え？」「予約いらないやつだよね」「いらないやつだよ」「行くよ」「別に無理しなくていいんだよ」「いや、ちょっとは見ておこうと思って」

あれ、もしかして就職する気？　私は少し困惑した。上原くんが就職するなら、恐らく総合職として、全国転勤のある会社に入ることになる。そうなったら私が全国転勤しちゃうとまずいわけで、一緒にいられなくなっちゃうわけで、私の計画はご破算である。ならば私がバイトして上原くんが正社員として働く形になるが、上原くんがそんなことを望んでいるとは思えない。

「えっと……私はどうしたらいいかな？」

「何を？」

「就職」

「入りたい所に入りなよ」

「上原くんはどうするの？」

「わからない」

「わからないじゃ困るんだよ！　それ次第で全部変わってくるじゃん。私の、その、スタンスとかが」

「……どうして欲しい？」

「え？」

「鈴木さんは、僕がどうすれば一番いいと思う？」

「……わかんない」

「僕だってわからないんだよ。ゆっくり決めていこう」

確かに、どこかに内定するという保証もないまま、理想だけを話し合っても仕方がない。とりあえず私たちはその説明会に参加した。大学の大きなホールで、六社が事業内容や業績をプレゼンし、私は渡された資料の余白にメモを取りまくった。上原くんは腕を組んで話を静かに聞いている。最後に、他と比べて小さな会社のプレゼンが始まると、学生たちはぞろぞろと会場を出て行った。おいおい、お前ら何様だよ！　前で説明をしている人もなんだか悲しそうだ。ちゃんと話くらい聞いてあげなよ、みんな。あと十分くらいのことじゃん。やっぱり、他人の気持ちを考えられる人が今の世の中には少ない。どうして、自分のことばっかり。あなたたちの世界に、自分以外の人間はいないの？

説明会が終わり、上原くんは何か考え込んでいた。

「どうしたの？」

「いや、色んな企業があるなって、改めて思って」

「ほんと、決められないよね」

「大抵は受けられる所をたくさん受けて、内定した所に入るんだろうね」

「第一志望をどこにすればいいんだろう。総合職でいいかな?」

「鈴木さんなら、僕の事を抜きにしても総合職が向いてると思うよ」

「そうかなぁ。上原くんは? 面接とか、受けるの?」

「うん」上原くんは言った。「そうする。一緒にがんばろう」

＊

僕はとりあえず、どこかに内定をもらうべく努力するポーズを取ることに決めた。周囲を見てもそうすることが自然だったし、今後の生活を彼女に依存しようと決めたわけではないことを彼女に明確に示し、距離を保つことにも繋がるからだ。十二月に入り、僕らは本格的に始動した。リクルートスーツに身を包む彼女はやはりとても美しかった。僕は目を背けた。僕をどうやって彼女から消し去るか、それが問題だった。僕の存在は彼女の中の取るに足りない一ページとして完全に消化されるべきであり、彼女には滑らかに次のステージへと移行してもらわねばならない。

あるインフラ系企業の説明会の後、彼女は言った。

「もうすぐクリスマスだね」

「うん」

「京都駅に大きなクリスマスツリーが展示されてるんだけど、一緒に見に行かない？」

僕らは大阪の淀屋橋からJRの大阪駅までゆっくりと歩き、電車で京都駅へと辿り着いた。その間、僕らはずっと就職について話した。僕は彼女に打ちのめされていた。いくつか説明会を受けるうちにやりたいことが少しずつ明確になってきたらしく、彼女は「人と深く関わる仕事がしたい」「人の笑顔を生みだす仕事がしたい」と語った。面接で多くの学生たちが放つであろう陳腐な言葉だが、彼女は心からそう思っているのだということが僕にはわかった。大体、僕相手にそんな嘘をつく必要なんてないのだ。この他者に奉仕する精神は全く僕にないものであり、また人間にとって真に大切なものであるように思う。欠落——僕が彼女といて最も強く感じるのは、もはや自身の欠落であった。

そしてそのうちに、彼女が自分と離れようとしないのは、その奉仕の精神のためではないか、と思い至った。彼女にすれば僕という存在は、これまでに見てきた誰よりも他者の力を必要とする弱者だったろう。僕はにわかに屈辱を感じ出した。僕の世界はすでに独りで完結していた。僕は誰の力も必要としていない。お前の力も必要ない！　勝手にお前が割って入ってきただけだ。逆に——彼女の方こそが、僕を必要としているのではないか？　他者から必要とされることでしか自己の存在を確認できない、彼女の方こそが弱者と呼ぶにふさわしいのではないか？

僕らは京都駅の中央改札から、巨大なクリスマスツリーのよく見える位置まで大階段を上った。周囲には多くのカップルが座り、仲睦まじく寄り添っている。

「うわあー！　綺麗だねぇ上原くん！」

彼女が言う。僕も、それを綺麗だと思う。しかし、僕に見える景色と彼女に見える景色は、全く違うものなのだろう。他者が対象をどのように見ているか、確かめる術はない。

僕は色覚異常者だ。自分では特に違和感はないが、どうやら他の人には十分に可能なレベルの色の区別ができないらしい。僕がそれを初めて実感したのは、真夜中に車を運転している途中、点滅信号を見た時だった。辺りは暗く、信号の光の位置が、右、左、真ん中のどこなのかわからない。そして僕には、それが何色なのかわからなかった。ただの、色を持たぬ光が中空に浮かんでいる。

赤か、黄色か？　僕は少し悩み、「どちらでも良い」と思いアクセルを踏み込んだ。幸い、自分以外に車はほとんど走っておらず、事故を起こすことはなかった。だが、その時に身体中を突き抜けた幸福感を僕は忘れることができなかった。死の可能性が、全身を走った。死が僕を完全にしてくれる。いつか僕は完全になる。それも、確実に。言葉としてしか存在せず現実感のなかったその救いが、その時瞬間的に形を成し、僕を捕らえた。ほとんど官能的な悦びを、僕は覚えたのだった。

「綺麗だね」

僕は答えた。彼女は僕の手に軽く触れては離れる。目的の定まらない彼女の手を僕は握りしめる。彼女はその手を強く握り返した。

「上原くん。二人で生きていこうね」

「うん」

「私がついてるから。これから何があっても大丈夫だよ」

僕はこの浅はかな言葉により、彼女を諦めた。そして、この世に僕を引き止めるものの完全に消滅したことを確信した。

＊

一月になり、大学のクラスメイトが飲み会を企画した。一回生の頃、便宜的に分けられたクラスのメンバーが久しぶりに集まるという。メーリングリストに一応登録されていた僕にもその誘いは機械的に届けられた。誰も、僕の事など覚えてはいないだろう。その存在価値の無さに僕は逆に安心し、それに参加した。一回生の初期以降ほとんど触れ合いのなかった集合体だったが、それぞれにぎこちないコミュニティを形成しそれなりに楽しそうに話している。そして僕がどこにもなじめないことは明白だった。大体、「なじむ」などということは軽薄な人間たちが表面上の同質性を嗅ぎ分けて達する偽りの連帯意識でしかない。ここには桜井も鈴木さんもいない。僕はただ独りで存在しており、ビールを端でただひたすらに飲んでいるだけだった。申し訳程度に話しかけてくる「クラスメイト」は僕のつまらない反応に愛想を尽かしすぐに別の集団へと飛び立っていった。これだ、と僕は思った。これこそが、僕の引き起こすべき他者の反応だ。そして僕はただ彼ら、彼女らを見ていた。僕は驚くばかりだった。ある者は社会へ進出する不安を語り、ある者は恋人とうまくいかないと語り、ある者は芸能人の離婚について語る。それらは全て過去に誰かが経験したであろう事象だ。彼らは時が進むにつれ、仕事に対する熱意を語り、結婚に関する悩みを語り、反抗期の子供に手を焼き、やがて老後の生活について語り出すだろう。同じ内容がこの世界で何度も言語化され、映像化されている。これが無限に繰り返されるのみだとすれば、僕らは過去のコピーでしかなく、オリジナルは原初の一回だけであり、僕らの個別性は生まれた瞬間から失われている。どうしてこの人たちは、自己の唯一性を疑わないのだろう？　それとも、見かけ上そう振舞うことに努め、絶望を隠蔽しているだけなのだろうか？　僕のように集団から孤立し、外部からそれを眺める非社会的人間も過去に数え切れぬほど存在したことだろう。僕もそのコピーに過ぎない。僕が煙草を吸い続けながら五杯目のビールを飲んでいると、遠くの群衆の話題はどんどん低俗へと流れていった。男女が入り乱れ酒を交わせば、こうならざるを得ないのだ。日常の停滞感を吹き飛ばした気になっている下衆な顔がいくつも並んで、同じ笑顔を浮かべている。もう僕には見分けがつかない。何もかもが、既視であった。

「そろそろ、場所変えようぜ」幹事の男が言った。カラオケになだれ込むようだ。僕は黙って金を三千五百円払い、彼らと別れた。僕に声をかける者はなかった。

＊

その夜、僕は突然、童貞を捨てようと思った。鈴木さんが相手では上等すぎる。僕には風俗嬢が適格だ。どんな高齢の男性であろうが、どんな不潔な男性であろうが、どんな陰気な男性であろうが、わからなければ性病患者であろうが、彼女たちに拒否権はない。その平等性は僕を安心させる。きっと彼女たちは僕よりも低くて悪い人間と交わったことがあるだろう、だから僕が卑屈になったり気を遣ったりする必要は一切ないのだ。僕は送迎タクシーの中で、音楽を聴きながらずっと外を見ていた。ここには、何もない。ただ風俗街だけがある。救いの感じられない風景、僕には全て灰色に見える。

「着きましたよ、お客さん」

「一名様ご案内です」

趣味の悪い建物の中に入って、すぐ右にフロントがある。派手な髪型をした若者が聞いてくる。コースは？　シングル。五十分ですね。指名は？　フリーで。わかりました、では一万六千円いただきます。僕は投げ捨てるように金を払い、待合室に通された。中には四名ほどの客がいた。僕と歳の変わらない男が一人、三十代と思しき男が二人、明らかに六十を越えた男が一人。ボーイからパネルを渡される。次回からの参考にしてくださいね。そこには数十名の風俗嬢の写真が貼り付けられている。僕はパラパラとページを繰った。そして、どんな虚構にも勝り、現実こそが最もグロテスクなのだと感じた。

やがて僕の番号が呼ばれ、女の子に手を引かれプレイルームに移動した。女の子はどこかくたびれた様子だが、なんとか愛想を良くしようと努めている。年齢は確実に三十を超えており、女の子と呼ぶのはふさわしくないように思われる。服を脱いで風呂に入り、一通り触れ合ってから僕らはベッドへなだれ込んだ。僕は彼女の局部を愛撫し、正常位と騎乗位を楽しんだあと、バックで何度も突いて射精した。彼女は簡単に濡れてくれたし、僕もとても気持ちが良かった。こうして僕は単なる「性行為」により童貞を脱した。そして、行為が終われば僕らは金銭を介した契約関係にあるだけの他人でしかない。僕はその前後の落差に少し戸惑った。行為中、僕は欲望を完全に満たし時の流れすら感じなかったが、それが終わると、彼女との会話は苦痛だった。残りの十分が永遠である気さえした。今まで身体が繋がっていたとはにわかに信じ難いほどの、圧倒的な隔たりだった。精神で繋がることは最も難しく、また最も崩れやすい。

彼女たちが僕にとって欲望を満たすための汚らわしい肉塊でしかないのと同様、僕は彼女たちにとって金銭を生み出す汚らわしい肉塊でしかないのだ。その希望の全くない世界は僕を昂揚させた。地獄だ。そしてこの地獄は天国を模しており、その錯覚は僕らを酔わせる。

店を出てすぐに僕は、一連の出来事を思い出そうとしてみた。それは既に乾いた過去としてしか僕の中に残っておらず、もはや点として存在するだけの強度すら持っていなかった。僕は、相手の顔すら思い出せなかったのだ。最後に渡された名刺の裏には、「また会いたいな」とハートマーク付きで記されていた。は、と僕は笑った。

＊

「あかん、留年やわ」

やがて後期試験が終わり、久しぶりに会った桜井は言った。

「もう全然あかん。そういやお前、鈴木さんとはうまくいってるん？」

「まあまあじゃないかな」

「ホンマに、あんなええ娘おらんで。感謝せえよ」

「うん」

「……ちょっとはやる気出たか？　世の中捨てたもんじゃないやろ」

「そうだね」

「まあ、せいぜいやれや」

そう言って、桜井はすぐに去った。相変わらず、迷いのない彼の瞳は僕を困惑させる。

何だろう？　一体、何だというのだろう？　僕は、もはや何を問うているのかすらわからない、純粋な「疑問」に頭を支配された。もう、全てがわからなかった。

その夜、僕は夢を見た。そこはどこかで見たような高層ビルの屋上で、辺りは暗闇に包まれていた。小さな光がちらほらと街に鏤《ちりば》められていたが、僕の閉ざされた心にはそのどれか一つすら届く隙間がなかった。そして僕の前に、一人の男が立っている。

僕だった。

「お前の思想には、行為が欠如している」

僕が、僕を見つめながら語りかける。

「死を言葉で語ること、頭の中で弄ぶことは簡単だ。誰にだってできる。行為を伴わない思想は、お前をどこにも連れていかないだろう。思想なき行為は愚かなものだが、行為なき思想はそれ以上に滑稽だ」

それを聞き、僕は笑って言った。

「何だ、今更そんなことを言いに来たのか。行為こそが決定的な意味を持つと考えることは、君のような凡人に特有の誤解だ。言っておくが、僕の死は行為ではない」

「どういうことだ」

「僕のような人間にとって、行為という絶対的な概念は存在しない。世界は全て虚構であり、自分自身も虚構の内に在る。自分自身を含めた世界は、僕の頭の中のみにある。全ては僕の一存により一挙に固定され、一挙に変貌する。もう思想と行為の差異はないいんだ」

「論理が破綻している。お前には一貫性がないよ」

「論理的に破綻することが僕の至上の目的でもある。狂人さ。狂人こそが僕の人生で唯一羨望の的だった。奴らにとっては翼で空を飛び回ることも、暴君となって世界を支配することも、陵辱をほしいままにすることも、同様に可能だ。あんな風に自由に生きられたら、どんなにか幸せだろう。……そして、僕は一貫性など求めていない。人は一秒ごとに異なる存在に変貌し続け、そこに連続性はない。一秒前の僕と、現在の僕は当然のように矛盾する。そんなことは、狂人の条件としてさえ成立しない。……お前には僕の考えていることはわからないよ。早く消えてくれ。僕を止めに来たんじゃないんだろう？」

「ああ」

僕は僕を嘲笑しながら言った。

「さっさと死ね、と言いに来たんだ」

僕はふざけて答えた。

「御意のままに」

＊

私は、二月某日、また上原くんと企業の説明会に出席していた。説明会の行われる大阪の巨大なビルの一室に入りしばらくすると、関西の採用を取り仕切っているらしい、プロレスラー並の体格をした人事担当が威風堂々といった様子で話を始めた。あちゃー、上原くん苦手そう。

「我が社は、自信に満ち溢れた方を歓迎します。自信のない者の話には、説得力がない。厚みがない。とは言え、これまでに正しく自己を高めてきた優秀な皆さんなら、何も心配することはありませんが。面接ではありのままの自分を、表現してください」

優秀な皆さんってあんた、私たちのこと何も知らないじゃん！　私はずこーっ、と心の中でこけながら、事業内容についての話を聞いた。聞きまくった。そして熱心にメモを取りまくってやった。

「以上で、私からの説明は終わりになります。せっかくなので、最後に私が面接官に扮し、模擬面接を行いたいと思います」

プロレスラーはとんでもなく恐ろしいことを言い出した。まだ自己ＰＲも志望動機も大して練れていない。こんな所で、ボコボコにされたくないよー！

「では、やってみたいという方」

場内は静まり返る。この権力者であろうプロレスラーに顔を覚えてもらうチャンスなのに、誰も手を挙げない。おいおい、頑張れよ、誰か！　こういう場では積極的な人が何人か争うように自己主張するものだと思っていたのに、意外にも大半の人間がこのIWGPジュニアヘビー級チャンピオンに気圧されていたようだった。

「残念ですね。では、指名させていただきます」

いやぁー！　私だけはやめてください！　お願いします！　横を見ると、上原くんは平然とした顔で前を見据えている。というか、完全に別の事を考えている顔だ。でも、こういう時の上原くんの横顔は、憂いを帯びていて最高にかっこいいのだ。みんな、見て。これ私の彼氏です！　なんかいい感じで儚さをまとってるでしょ？　かっこいいでしょ？

「じゃあ、そこの方」

IWGP・U-30無差別級王者の指先は私たちとは逆サイドの、可愛らしい女の子に突き刺さった。セーフ！　指名された女の子は割と無難に話をまとめ、特に恥を晒すということもなく、この修羅場を乗り切っていた。やるなぁ。前田日明も、さほど突っ込みどころがないのか、普通に模擬面接を終わらせた。

「はい、ありがとうございました。皆さん、拍手！」

パチパチパチパチパチパチ。私は惜しみない拍手を送った。上原くんはさっきと変わらない様子でぼーっとしている。「おーい」私は机の上にあった上原くんの手をつんつんしながら言った。

「話聞いてた？」

「いや……ごめん、ちょっと他のこと考えてた」

「やっぱりぃ。まあ私がばっちりメモ取っといたから、後で見せてあげるね」

私たちはゆっくり、手をつなぎながら駅まで歩き、ホームで帰りの電車を待った。とても幸せな気分だった。上原くんの手はとても温かくて、どこまでも優しい。もう、超超超超好き！　やっぱり私は、上原くんのことが大好きなんだ。まだ将来のことはわからないけど、私たちなら、なんとかなるような気がした。

＊

僕の耳には、もはや誰の話も入ってこなかった。もうこれ以上、無意味に晒され続けることは耐え難い。ついに、僕は限界を迎えたのだと思った。あの日、桜井に会わなければ、鈴木さんに会わなければ、もう少し生き延びることができたのだろうか……いや、結果は同じだったろう。消極的な延命措置には何の意味もない。彼は、彼女は、そして群衆は僕に教えてくれたのだ、人生が生きるに値しないものであることを。そして当の本人たちはまるで自分の存在を疑っていない、僕だけがそれに気付かされ悩まされている、寂しいとは思わない、共有したいとも思わない、僕はほとんど酩酊を感じる、自分だけが優れていると感じる、それと知ることで何ら現実的な優越を得られずむしろ下降してしまうような絶望、しかし僕はやはりそれによって誰よりも優れている。空は突き抜けるような青さで僕を呪っている、呪われる資格が僕にはあるがお前らにはない、お前らはこの空の青を祝福と錯覚するだろう、冬の寒さは空気が極度に澄み渡っているように錯覚させる、それと同じようにお前らは全ての意味を取り違えるだろう……

僕はあの日に決めた三年間どころか、半年間でさえ耐えることができなかった。これは僕個人の心の移ろいやすさのせいなのか、人間一般の心の移ろいやすさのせいなのか。僕は後者と信じている。これ以上生きてはいられない。もうわかった、うんざりだ。やめてくれ……今日死のうが三年後死のうが同じだということを、僕はすでに知っている。さらに言えば、五歳で死のうが八十歳で死のうが大した違いはないのだ。かつて、気の狂った老婆が僕にかけた言葉を思い出す。「あんたはあれやな。あれな人生になるわ」……

もしこのことを指していたのだとしたら、あの老婆は大した占い師だ……いや、あんな抽象的な言葉を思い出して意味を後付けするなんて、僕はどうかしている。意味の捏造は生きるために必要だ、しかし馬鹿にしかそれはできない。馬鹿でない人間は無意味に耐える強度を持たねばならない、しかし狂人にしかそれはできない。もし人々が馬鹿でないのなら、僕が馬鹿なのだろう。もし人々が狂人でないのなら、僕が狂人なのだろう。もう何も考えたくない。

僕は繋いでいた彼女の手を離した。

＊

上原くんは突然、私の手を離した。

「どうしたの？」

「ありがとう」

「え？」

「さようなら。楽しかったよ」

そう言うと上原くんは、この駅を通り過ぎようと向かってくる特急電車に飛び込んだ。

それは一瞬の出来事だった。私には何が起こったのかわからなかった。鈍い赤色をした液体が、私にぴぴっ、とかかる。そして、何かが私の方に凄い勢いで向かってきて、右のすねに衝突した。痛い！　なになに？　どういうこと？　完全に私、骨折れたんだけど。いったぁーい！　ふざけんなよ、マジで。よく見ると、それは上原くんの右足だった。何だそれ、私はがくりと倒れながら思った。不思議と、悲しいという気持ちは沸き起こってこなかった。だってもう、上原くんはいないんだから。私がいくら悲しんでも、悔やんでも、懐かしんでも、もうそれは上原くんに届かない。無駄なことなんだ。私の中ですぱっ、と上原くんに関する記憶が消滅した。くだんねー。あれだよ、桜井くん。すぐに死ぬような奴、紹介すんじゃねーよ。おふざけがすぎますよ。

「大丈夫ですか！」

近くにいたサラリーマンが私に声をかけてくる。私は激痛の中、あ、この人ちょっとかっこいいかも、と思った。

〈了〉

CASE4・宮田章吾

俺はその変に深刻ぶった表現と差別意識にまみれた粗末な本を読んでいる間、志賀谷庸太とはなんと幼稚な人間なのだろうと思うと同時に、自分もそれに類する人間であるということを悲しく思った。人生を引き受けていく強さがない……人を信じる強さがない。自分を信じていないから、他人を信じることができない。この段階で留まり、そのまま人生を終えていく人間はどれほどいるのだろう。こういった人間は社会的にはマイノリティだが、小説内では確固たる個として立ち上がる。題材としてあまりにも安易だし、内容にも広がりがない。世間一般の評価も概ねそのようなものだった。しかし、相変わらず俺にとっては大切な作家の一人だった。小説は、読む前と読んだ後で、読者の意識を変えてしまう何かを内包していなければならない。そこには単なる一般論や、興味深いストーリーだけではなく、作者の個人的な、世界に対する「実感」が書き込まれてあるべきだ。自分の人生を、全力で乗せているかどうか——それが俺の小説に対する評価の基準であったし、その観点からして志賀谷庸太は俺の中で明らかに特別な存在だった。彼の前に群青新人文学賞を獲得し、彼とは比べるべくもないベストセラー作家になっていた沢村亜純も同じく素晴らしい書き手であったが、彼女は三作品だけを残し、自殺した。自殺したがために世間ではより一層神格化されて語られるようになったが、俺にとっては生きている人間こそが興味の対象だった。死は敗北である。沢村亜純が書いたいくつかの文章は彼女の死という決定的な事実により、敗北へ向かう布石に成り下がったのだ。俺は生き抜いた人間の悩み苦しんだ足跡が見たい。それは俺が生きたいからだ。

＊

「ねえねえ、いつ結婚するのさ、私たち」

「うん？」

「そろそろお金も貯まってきたしさぁ」

「そうだなあ」

　麻衣子は結婚に対して積極的だったが、俺はいまいち踏み出すことができないでいた。彼女を幸せにできる確証がない——そんなものはどうせどこにもないのだが、まだ一定のラインを越えることができていないということだ。「結婚なんて勢いだよ」職場の先輩は言う。「彼女ももう二十七だろ？　男より女の方が焦ってるんだよ」俺は麻衣子が自分を選んでくれたことに対してある種の疑いを持っていたし、麻衣子にはもっとふさわしい男性がいるだろうと思っていた。俺は基本的に一人なのだ。俺の中からはふとした瞬間に麻衣子が消え去る。自分のペースを乱されることを極端に嫌がる。日課が邪魔されると機嫌が悪くなり、自分の意見が否定されるとすぐに腹が立つ。そういった極めて単純で自己中心的な性質を持つ自分が、妻をもらい家族を築いていくということに対し、実感を持つことができない。俺が平穏に暮らしていく術は一人でいること以外にないのではないか。今ならばまだ彼女に対する本当の責任は発生しないが、結婚してしまえば俺は彼女との結びつきを振り解くことができなくなる。その重荷に俺が耐えきることは、このままでは不可能だ。

「いつにすんのよ」

麻衣子が語気を強めて言った。

「うーん」

「ねえ、私と結婚したくないの？」

「するよ」

「ちゃんと答えて。私は『したくないの？』って聞いたのよ」

「したい」

「いつ？」

「うーん」

「いい加減にしてよ！」

俺は考えていることの百分の一も言葉にできない。彼女にぶつけることができない。職場の同僚や、友人に対しては軽口も叩けるのだが、大切な相手であるからこそ俺は慎重になりすぎてしまう。俺の言葉の少なさが彼女を不安にさせ苛立たせる。

俺は、この世に生を受けたからには自分の思ったように生き、死んでいきたいと考えてきた。しかし、何故それがこんなにも難しいのだろう。

彼女のことを考えて俺は吸っていた煙草をやめたが、それ以来右の鼻の外側と、右目のまぶたがぴくぴくと震えるようになり、一年間治っていない。自己を抑制することによりどこかに障害が生じるのかもしれない。我慢をして相手とのバランスを取る。取り続ける。それは、毎日食事をして排泄し、服を洗っては汚し、部屋を掃除しては散らかすといったことと同様永遠に続く、生きるのに必要な作業である。それが面倒でないはずがない。自分の世界に隙間を作り、他者を受け入れる態勢を整え続ける。他者の変化のために、その隙間の形は常に微調整を要する。それは他者にとっても同じことだ。しかし麻衣子の中に、俺に合わせた隙間はないように思った。彼女の世界は彼女が独自に創り上げたものであって、俺のことなどを考えて調整されたものではない。彼女を見ているとそんな気がしてならなかった。俺の望んだ生き方を、彼女は体現しているのではないだろうか。

結局のところ、生きる才能が俺にはなく、彼女にはあるということだ。才能のない俺は努力によってうまく生きるしか、うまく生きているように見せるしかないが、彼女は生まれながらに人間的な生き方を備え付けていたのだ。俺が麻衣子に惹かれたのは、まさにその点においてだった。俺には手の届かない光を、彼女は確かに有していた。

＊

俺が志賀谷庸太と出会ったのは、『仕舞』が発表されてから一年が経った頃だった。仕事が終わり市役所を出た所で、突然声をかけられたのだ。

「宮田さんですね」

「はい」

顔も知らない男に自分の名前を呼ばれ俺は恐怖を感じたが、男の貧弱な身体を見て瞬時に安心した。

「少し話したいことがあるのですが、よろしいでしょうか」

渡された名刺には「フリーライター・吉川雅樹」と書かれていた。それを見てすぐに俺は志賀谷庸太の本名だとわかった。小説が売れていないので最近は本名でつまらない記事を書いている。

彼は俺に、昔付き合っていた麻衣子のことについて聞きたいと単刀直入に言った。麻衣子が自分とは対照的な風貌の志賀谷庸太と付き合っていたことに驚いたが、彼と話しているうちに納得できた。彼と俺は似ているのだ。

「僕は麻衣子が今でも好きなんです」

彼はしっかりと俺を見つめて言った。

「僕が小説を一心不乱に書いたのも、麻衣子に認められたかったからでした。そして今も、その気持ちは残っているのかもしれません」

「いや……そう言われましてもね」

「どうしても諦められないんです。麻衣子のいない人生は僕にとって意味がない。宮田さんだって麻衣子のいない人生はもはや考えられないでしょう、彼女にはそう思わせるだけの何かがあるんです」

俺は果たして、それほど麻衣子を愛しているだろうか。自問してみると、はっきりイエスとは答えられない自分に気付く。麻衣子がいない人生だって俺には選択しうる。今確かに麻衣子は大切な人であるが、他に同じような存在が全くいなかったかと言われればそうではない。これまでに付き合った女性の中には麻衣子よりも俺に合っているであろう人もいた。全てはタイミングと順番である。結婚を考える時期に付き合っている相手がたまたま麻衣子だというだけのことであり、俺も麻衣子のことを、結婚をしても良いと思えるくらいには好きなのだ。麻衣子が一番かどうかはさておいて。彼女を一番と言い切る作家・志賀谷庸太に俺は羨望の念を覚えた。ここまで一人の女性を、確信を持って愛せるのはどういうわけだろう。いや、これは実際に一緒にいないから言える類いのことかもしれない。純粋な愛ではないかもしれない。他の男に麻衣子を取られた悔しさか？　かつての所有物に対する執着心か？　彼の心を分析しようとしてみたがすぐにやめた。そういうマイナスの感情からではないということが彼の瞳を見ただけでわかったからだ。あれだけ夢のない文章を書き綴ってきた志賀谷庸太らしくない、迷いなくまっすぐな瞳を前に、俺はたじろいでいた。

「どうして麻衣子なんです？」

「わかりません」

素直すぎる彼の回答に、俺は少し面食らった。

「わからない？」

「いくら考えてもわからないんです。何かに心を奪われるとか、魅了されるといった事柄が、僕にはうまくつかめない。それは行為選択の外にあるものだからです」

俺は彼の話に耳を傾けた。小説内で展開されていた理屈っぽい言葉がやっと彼からこぼれ出し、興奮を抑えられない。彼の言葉が生で聞ける、それは俺にとって有名な俳優やアイドルが目の前に現れたのと同程度、もしくはそれ以上に価値のあることだった。彼は紛れもなく俺のヒーローだったのだ。

「僕は彼女と一つになりたいという思いをずっと抱き続けてきました。自己と外界の壁がなくなるような、いわゆる溶解体験を彼女に求めていたんです。しかしそれは常に一方的なものでしたし、彼女の方は僕を愛してなどいませんでした」

あのほとばしるほどの愛情をぶつけてくる麻衣子が？　意外な言葉に俺は少し気を良くした。志賀谷庸太よりも、俺は麻衣子に愛されているに違いない。彼女が自分を愛していないなどと感じる瞬間は、一度たりともなかった。それだけに、自分の思いが彼女のそれと釣り合っていないのではないかと感じ苦しんでいるのだ。志賀谷庸太が俺の段階に上がることができずもがいていることを知り、微かな優越感を覚えた。

「自分の周りの壁を取り払い全てをさらけ出せること、それこそが恋愛の意味であり、ほとんど生きる意味ではないかと僕は思っているんです。そして、そうなりたいと思える対象が僕には麻衣子しかいなかった。僕が相手を選択するより先に、彼女は僕の全身をつかまえて離さなかったのです」

「……」

俺は相槌を打つだけで何も言えなかった。前の彼氏が未練話を俺などに打ち明けてくる、その真意がわからない。

「それは僕に選択を許さないことでした。利害でも理念でもない、ただの純粋な感情によって僕は自分の防衛態勢を解除した……気が付いた時には解除されてしまっていた」

防衛態勢！　俺は思わず笑ってしまった。

「いちいち妙な言葉を使うんですね」

「すみません、とにかく僕は言葉で全てを説明したいのです。言葉にならない気持ち、理由なき感情を、正確に表したい。少なくとも自分に関することは全て。でも麻衣子の魅力は、やはり僕にとって言葉で説明できないほど圧倒的なものなんです」

「そんなに麻衣子がいいですか？」

「はい。そこで一つお願いがあります」

「なんでしょう」

「麻衣子のメールアドレスを教えてくれませんか？」

「知らないんですか？」

「別れた時に変えられてしまったんです。以前一度会った時は、僕が彼女と向き合える状態ではなかった。もう一度だけ、彼女に僕の言葉をぶつけてみたいんです」

「それは、俺から麻衣子を奪うということですか？」

「一言で言えば、そうですね」

「そのために俺を待ち伏せしたんですか？」

「いや、それだけでなく、あなたに会いたかったんです。麻衣子の彼氏にね」

「どうです？　俺よりもあなたの方が麻衣子を幸せにできると思いましたか？」

「……思いませんね。僕は人を幸せにできる人間ではないんです。ただ自分のために、麻衣子にそばにいて欲しい」

「ひどく利己的ですね」

「一番大事なものを人に譲ることだけは、できないでしょう」

そして、俺は全く自分の益にならない行為を選択した。何故だかこの交渉になってすらいない交渉に応じ、麻衣子のアドレスを彼の携帯に送信した。麻衣子を試してみたい気持ちと、ズタボロの志賀谷庸太にチャンスを与えてやりたい気持ちと、仮に麻衣子がいなくなれば自分がどんな風に感じるのかを確かめたい気持ち。色んなものがないまぜになり、俺に最も愚かな行為を選択させたのだった。しかし、俺にはほとんど、この勝負に勝つという確信があった。というより、この男に負ける人間を探し当てる方が難しいと思えるほど、志賀谷庸太からは人を惹き付けるような魅力が感じられなかった。それは社会から隔絶されたところにいる男の、人間的な小ささのためだろう。彼は自分がどんどん縮小していることに、気付いているのだろうか？　だが、その「小ささ」は俺にとっては好ましいものだった。小さな人間にしかわからないことや、描けない世界が確実にある。志賀谷庸太はおそらくそのための作家だった。そして、作品の魅力とは裏腹に、実生活で関わりたくない種類の空気を持ち合わせていた。誰もこいつを相手にはしないだろう。もうこいつは誰にも相手にされないだろう。俺は一言だけ言った。

「俺が勝つと思いますよ」

「そうでしょうね」

志賀谷庸太は、自嘲気味に笑い、去って行った。

彼が麻衣子にメールを送信したのかしなかったのか、俺にはわからない。麻衣子の様子が変わることはそれ以後なかったし、俺が志賀谷庸太について彼女に聞くこともなかった。

そして俺は麻衣子と結婚した。彼女がベストであるという確信は持てないままだったが、志賀谷庸太という一人の男性があれだけ執心した女性であるという事実が皮肉にも俺を後押ししたことは否定できない。

そしてその選択は正しかったと、俺は今心から言える。

CASE5・宮田麻衣子

私は幸せな結婚生活を満喫していた。三十になる前に結婚することができたし、これで周りからそういう類いの話で気遣われる心配もない。三十過ぎると女はひそひそ言われるからイヤなんだよね。いや、そんなんじゃなくてちゃんと章吾のことが好きで結婚したんだよ？　でもあるよね、世間体の問題ってやつも。結婚の理由の一つにならなくはないよ。

いつだったか届いた雅樹からのメールは、とても長くてうっとうしいものだったけれど、私に対する愛に満ちあふれていた。でも、私は彼がアホだということを知っている。本当の意味での、アホなのだということを。私はメールを返さなかった。彼がもうダメなのだということが私にはわかっていたし、それを救おうとすれば共倒れになってしまうこともわかっていた。寂しい、助けて、という痛々しい叫びが彼からは発せられていたが、彼を救うには私が常に彼のそばにいることが必要だった。あいつはもうビョーキだ。まともじゃなくなってしまったんだ。かわいそうだけど、あんな男のために私が犠牲になるなんてありえない。ありえないキモイ。まあ、私の価値を認めてくれた人間の一人として、一応は記憶に留めておいてやるよ。

結婚して以来、私は章吾ととても楽しく、穏やかな日々を過ごした。彼と私の組み合わせは正に神の采配とでも言いたくなるほどに完璧だった。彼が沈めば私が明るく励まし、私が荒れれば彼は優しくなだめてくれた。家同士の付き合いもうまくいっている。彼は私の父親と飲みに出かけたりするし、私は彼の母親と一緒に料理をしたりする。私はありえないくらいに幸せな気持ちになり、頭がくらくらして胸が裂けそうになることがある。彼もそんな感覚を味わっていてくれたらうれしいな、と思う。どちらか片方が欠ければ、私たちは終わってしまうだろう。そしてそう思えることこそが、ベストな相手を見つけたというしるしなのだ。少なくとも、私にとっては。

*

吉川雅樹が死んだのは私が結婚して二年目、私もあいつも三十歳の時だった。自宅で首を吊って死亡しているところを発見されたらしいけれど、大したニュースにはならなかった。その翌日、章吾はそれまで大切にしていた志賀谷庸太の小説をまとめて捨てると言った。

「何、もういいの?」

「ああ」

章吾は少し寂しそうに言った。

「自殺したやつの本なんて、気持ち悪いだろ?」

あんなやつの本、自殺しなくても十分に気持ち悪かったよ。私はそう思いながら、雅樹のことをちょっとだけ、懐かしく思い出していた。

あんたはそれで良かったんだよ。見なさいよ、私たちを。生きている人たちを。それぞれが、信じられないくらいに高いハードルを、越えるたびにばんばん上がり続けるハードルを、休みなく越え続けなきゃならないのよ。私はそれこそが生きる意味だと思うけれど、そう思えない人がいることはとても否定できない。だって大変なんだもん。あんたはもう、それで限界まで頑張ったということよね? 寿命だよ、寿命。おめでとう。

私は泣いていた。とめどなく流れ出した涙を見て、章吾は私を抱き寄せた。

私は何も言うことができないで、ただ泣き続けた。おめでとう、雅樹。でも、私はどうすればよかったの? どうすれば私が幸せになって雅樹も死なずに幸せになることができたの? どうすればみんなが幸せになれたって言うの? 知らないじゃん、そんなの。まさか死ぬなんて思わないじゃん! このドアホ! 私はあんたなんかとは違う。章吾と一緒に絶対に生き抜いて、みんなに胸を張って幸せな人生だったと言えるように、心の底から言えるように、最期の一瞬までこの生を味わい尽くしてやるんだ。あんたには天国で伝えてあげるよ、生きることの素晴らしさをね。

私の涙は頬を伝って落ち、その先には紐に縛られた雅樹の本があった。その一番上にあった最期の作品の帯には、雅樹が作中で引用したのであろうジェイムズ・シャーリーの詩が綴られている。

そして、死神の赤い祭壇をよく見ることだ、
そこには勝者であり敗者である者の血が流れている。
いずれ栄光を誇った君たちの頭も、冷たい墓場の下に入ってしまうのだ――
だが、正しく生きた人間の営みだけが、
土の中でも馥郁《ふくいく》と香り、爛漫と咲き誇る。

〈了〉

佐川恭一（さがわ・きょういち）

滋賀県出身、京都大学文学部卒業。2012年『終わりなき不在』でデビュー。『無能男』(南の風社)、『ダムヤーク』(RANGAI文庫)、『舞踏会』(書肆侃侃房)、『シン・サークルクラッシャー麻紀』（破滅派）、『アドルムコ会全史』(代わりに読む人)、『清朝時代にタイムスリップしたので科挙ガチってみた』(集英社）など著書多数。2019年『踊る阿呆』で第2回阿波しらさぎ文学賞受賞。

終《お》わりなき不在《ふざい》

著者

佐川恭一《さがわきょういち》

neconos

二〇二三年　二月二十八日　初版一刷発行

発行人　大津山承子
発行所　ネコノス合同会社
　郵便番号一五四―〇〇一一
　東京都世田谷区上馬三―一四―一一
　電話　〇三―六八〇四―六〇〇一
　FAX　〇三―六八〇〇―二一五〇
印刷　シナノ印刷株式会社
製本　株式会社宮田製本所
制作進行　小笠原宏憲
編集　山中千尋
校正　サワラギ校正部
編集協力　茂木直子　斉藤里香
装画　奈良明日渦

Printed in Tokyo, JAPAN　　ISBN 978-4-910710-07-5　C0193

neconos